Alexander Gorkow

Kalbs Schweigen

Alexander Gorkow

Kalbs Schweigen

Roman

HEYNE

Der Wilhelm Heyne Verlag ist ein Verlag der
Ullstein Heyne List GmbH & Co. KG, München

Gesetzt aus der Sabon bei Franzis print & media GmbH, München
Druck und Bindung: GGP Media, Pößneck
Printed in Germany

ISBN 3-453-86891-9

»You're talking to a person that feels like he's walking around in the ruins of Pompeii all the time. It's always been that way, for one reason or another.«

Bob Dylan, Rolling Stone Magazine, 2001

1. Kalb

1

Joseph Kalb hatte angenommen, dass er mehr Laufruhe benötigte. Dass es nicht mehr anging, dass ihn die schlichte Geometrie seiner Tage so flach atmen ließ.

Er musste mal etwas unternehmen. Man muss auch mal etwas unternehmen, dachte Kalb, ich muss auch mal alleine etwas unternehmen, nicht nur, wenn die Kinder bei mir sind oder Hambeck mich besucht oder Hambeck und ich den jungen Bug besuchen und mit ihm etwas unternehmen, um ihn zu beruhigen. Auch wenn ich alleine bin, sollte ich mal etwas unternehmen. Wenn andere alleine sind, gehen sie spazieren oder setzen sich wohin und lesen die Zeitung, die Teile der Zeitung, die sie sonst nie lesen zum Beispiel. Früher habe auch ich mich doch mitunter in ein Café gesetzt und diese Teile der Zeitung gelesen. Und wenn ich sie dann gelesen habe, dachte Kalb, habe ich mich das eine oder andere Mal nicht so schlecht informiert gefühlt.

Kalb beschloss, sich mal wieder ein Hemd zu kaufen, wieso nicht mal wieder ein Hemd kaufen.

In der Boutique kaufte Joseph Kalb, nachdem er durch die Hemdenbügel geblättert hatte, ein Moschusraumspray, das mit einer »feinholzigen Komponente und einer süßpudrigen Nuance im Fond« geworben hatte. Das Moschusraumspray hatte sich dann in der folgenden Nacht mit der Winterluft in Kalbs Schlafzimmer eingelassen, und als Kalb um vier Uhr früh erwachte, wirkten Moschusraumspray und Winterluft in seinem Schädel derart, dass er den restlichen Morgen wach lag, unter Kopfschmerzen litt und Bilder betrachtete, die als Dias im Licht seiner Erinnerungen und Gedanken einrasteten und dann weitergeschoben wurden.

Er sah sich als Knaben auf dem Arm seines früh verstorbenen Vaters Hagen Kalb, dann sah er den Papa Violine spielen. Er sah sich in einer Küche mit seiner Mutter Hedwig Kalb, die einen Teller, den er von sich schob, wortlos wieder zu ihm hin schob. Er sah sich an einem Fieber leiden, sah, wie die Hände anschwollen. Meine Hände fühlten sich an wie zwei Ballons, dachte er. Er musste nicht ins Internat zurück damals, es waren ihm ein paar Tage daheim geschenkt worden, bis die Hände wieder abgeschwollen waren. Ein solches Fieber hatten die Leute noch nicht gesehen. Ein seltsames Fieber, hatte der Arzt gesagt, und dass er es noch nie erlebt habe, dass einem anderen Kind bei Fieber die Hände zu Ballons angeschwollen seien. »So was«, sagte der Arzt immer wieder.

Kalb hatte nachts dagelegen und sich darüber gewundert, dass seine Zehen am Bettenende so wohlgeraten aus der Decke schauten, seine Hände aber in zwei mit Eiswasser gefüllten Suppentellern ruhten. Seine Mutter hatte den Arzt an der Tür verabschiedet und dann, wie Kalb gehört hatte, zu seinem Vater gesagt: »Hagen, der Junge ist ein so seltsames Kind, man wird bei Joseph womöglich noch mit allem rechnen müssen, er hat immer wieder die seltsamsten Eigenschaften vorzuweisen.« Vater hatte nicht geantwortet, Mutter hatte daraufhin wiederholt, der Junge sei ein seltsames Kind, das Sachen mache, der Arzt sei auch beunruhigt gewesen. Ob der Vater das denn nicht finde, und dann endlich hatte der berühmte Violinist Hagen Kalb geantwortet, er wolle sich da noch gar nicht festlegen: »Nun warten wir mal ab, wie er sich entwickelt, Hedwig. Oft sind solche Schwellungen und Reizungen Zeichen eines Empfindungsreichtums, der ihm noch zugute kommen kann.«

Kalb legte die Erinnerung zur Seite und schaute sich im matten Licht der Nacht seine Hände an. Dann fragte er sich, ob er im Laufe der Jahre empfindungsreich geworden sei, und wenn, dann wem gegenüber, sich selbst, anderen, fremden oder vertrauten Personen?

»Ich weiß nicht.«

Nun erinnerte er sich an einen alten Dichter, der das Land Jahr für Jahr mit Empörungsprosa begossen hatte, und der vor einigen Wochen von einem Linienbus überfahren worden war. »Das war ja auch etwas«, flüsterte Kalb und zog die Decke über die Schultern, »das war ja auch so eine Sache.«

Der alte Dichter war anlässlich einer ihm gewidmeten Geburtstagsdokumentation vor einer Kamera hergelaufen, hatte sich dann zu jener Kamera umgedreht und war dabei weiter auf die Straße gelaufen, was er besser nicht getan hätte. Kalb sah die Szene der Dokumentation vor sich, sah, wie der Dichter sich noch wehleidig lächelnd umdrehte, sah den blauen Streifen von links – es machte pock, das war der Bus – ein wackelndes Bild, den Abspann. Das war alles so ausgestrahlt worden, das Schluss- und Todesbild ein wenig verfremdet, aber die Zeugenschaft für ein solches Zeitdokument wollten sich die Fernsehfritzen nicht nehmen lassen, man habe den Tod des Dichters mit Takt begleitet, hatte es geheißen, man könne auch aus einem Gemälde nicht ein Detail herausradieren, das einem nicht passe, das aber für das Gemälde von Bedeutung sei.

»Ein Linienbus und pock«, flüsterte Kalb. Dann dachte er wieder: Dieser Hemdenverkäufer dreht mir seit Jahren und spätestens seit der Trennung von Alma und den Kindern die dümmsten Sachen an.

Der Verkäufer war Kalb wie eine schmale Skulptur aus Draht und Stoff erschienen, der Mund ein Fischmund, die Augen zwei schwarze Kugeln, das Haar klebte in Strähnen im Gesicht. Kalb hatte eigentlich und wenn überhaupt nur ein Hemd kaufen wollen, wieso nicht mal wieder ein Hemd, hatte er gedacht. Aber immer wälzt sich aus den Lautsprechern dieser Läden eine Musik, die klingt, als sei sie für Möbel und nicht für Menschen gemacht, und immer werde ich von dem Fischmund so lange voll geredet, bis ich mir ein Moschusraumspray oder etwas ähnlich Gefährliches einpacken lasse. Sicher ist es Krebs erregend, dachte er. Wie wenig widerstandsfähig man doch oft in den kleinen Dingen ist.

Joseph Kalb, der selten Meinungen über die Menschen oder über den Lauf der Dinge hatte, lag an diesem Morgen noch lange im Moschus.

Sicher ist, dass ich eines Tages sterben werde, dachte Kalb, dass ich zerfallen werde. Es ist unerheblich, was für Tänze ich in der Zeit, die mir bleibt, aufführe. Ich werde im Dreck vergehen, oder, wenn es gut geht und Alma oder sonst wer meinen Wünschen nachkommt, in Asche zerfallen, und wenn es nach mir ginge, dürfte diese Asche den städtischen Kompostierzentralen zugeführt werden.

»Wir werden sehen«, flüsterte Kalb und sang dann leise ein Lied: »Alles ist wie immer, nichts ist, wie es war / Am Ende aller Tage ist die Nacht sonnenklar.«

Schon am Vorabend hatte Kalb den üblichen und in diesem Fall durch die Moschusverbindung verstärkten Kopfschmerz herankriechen spüren und mit einem Allerlei aus Tabletten und kalten Nacken- wie Kopftüchern zu bekämpfen versucht. Auch hatte er zu diesem Zweck ein Telefonat mit Anton geführt, da die Kinder, so sie guter Dinge waren, eine beruhigende und entkrampfende Wirkung auf ihren Vater hatten. Das Kind musste Kalb häufig versichern, dass es allen gut gehe, der Mama auch, die ihn aber nicht sprechen könne, weil sie, wie Anton lieb gesagt hatte, in der Badewanne liege.

»Nun ja«, hatte Kalb gesagt, und Anton noch Zärtlichkeiten mitgegeben, die dieser wiederum an die Geschwister und an die Mama weiterreichen solle.

In der Dämmerung flog etwas gegen Kalbs Schlafzimmerfenster, ein Tier, dachte er, was sonst. Kalb hörte noch einige Minuten ein Kratzen und Schaben auf dem Fenstersims, oh, ein Nachtvogel ist verunglückt, dann Stille, dann ein Aufschlag auf einer der Stahlmülltonen im Innenhof des Hauses. Plong. »Amen«, sagte Kalb.

Und der Wind. Der blöde Wind, dachte Kalb, der Wind mischt draußen den ganzen Mist auf, und dann liegt das alles am nächsten Morgen in neuer Mischung wieder vor meinen Füßen.

Am nächsten Morgen begann der Dienstag seiner 300. Sendung. Es wäre gelogen, dachte Kalb auf dem Weg ins Studio, wenn ich mir einredete, dass alleine die Abwesenheit einer deutlich umrissenen Katastrophe in meinem näheren

Umfeld ausreichte, um mich glücklich zu machen. So ist das ja nicht. Trotzdem trat er den Weg mit heiterem Singsang an. Nicht nur, um sich selbst zur Ruhe zu rufen und den Kopfschmerz wegzuleugnen, auch, weil ihm auf dem Weg zum Wagen ein kleiner Streich wieder einfiel, den die Leute vom Ton am Vortag dem jungen Bug bereitet hatten.

Der Produzent Bug hatte die Angewohnheit, seine strapazierten Nerven während der Arbeit in Musik zu baden. Immerfort dröhnten aus seinem Büro musikalische Miniaturen, die nicht nur in Bug eine indifferente Sehnsucht nach Auflösung und Auslöschung weckten.

An grauweißen Tagen stellten sich die anderen Leute aus der Firma mit ihrem Kaffee ein wenig in die Nähe von Bugs Tür. Sie ließen sich von einer Wolfsstimme, einer Kinderorgelmelodie oder dem Gejammer abstürzender Gitarren ohrfeigen und schon erschien ihnen das, was die nächsten Stunden noch kommen sollte, in einem weniger profanen und dafür aber erhabeneren Licht. Dazu war diese Musik ja schließlich da, dazu wurde sie ja gemacht, dachte Kalb, und dass er diesen Gedanken besser für sich behielt, da er nicht originell war, dass man besser mal all die Dinge so akzeptierte wie sie waren, ohne ständig den Menschen weiszumachen, dass man alles übrigens durchschaut habe.

Die Leute vom Ton also hatten dem nervösen Bug eine CD gebrannt mit den schönsten dieser Lieder. Und unter die Lieder hatten die Techniker an ihrem Mischpult kaum hörbar drei Klingelmelodien gemischt: die Melodie von Bugs Mobiltelefon, die Melodie seines Tischtelefons sowie die Studioglocke, die bei Proben und Aufzeichnungen auf eine Art und Weise läutete, als müssten sofort Frauen und Kinder in den Keller gebracht werden. Kaum hörbar, aber doch hörbar bimmelten diese Signale in Bugs Liedern herum. Der arme Bug, dachte Kalb, denn Bug war im Laufe des Tages immerfort zu seinem Mobiltelefon geeilt, er stellte die Musik leiser, drückte auf den Tasten des Mobiltelefons herum, schaute aufs Display wie auf eine fremdsprachige Bedienungsanleitung und verstand die Welt, die er wegen dieser Lieder größer wähnte, nicht mehr. Bug brüllte sein Mobiltelefon an, »Geh scheißen!«, er rief »Mein Gott« und »Jesus«. Kalb und der alte Hambeck von der Regie hatten dann im Vorbeigehen in Bugs Zimmer geschaut, sie sahen, wie Bug sein Tischtelefon über den Kopf hob und mehrfach auf den Tisch schlug, bis das Plastik splitterte. Danach war kurz Ruhe, dann hatte Bug die Musik wieder angemacht, und kurz darauf war er in den Sendesaal gerast und hatte zwei Techniker angeschrien. Wer denn hier immer die Aufnahmeglocke betätige? Gleich gebe es mal was in die Fresse. Alle hatten ihren Spaß mit Bug.

Am Abend klärte Hambeck den jungen Kollegen auf, und der bewarf den alten Regisseur mit einem Stuhl. Das, dachte Kalb, war alles so weit ganz lustig, immerhin.

Die erste Frage, die Kalb morgens stets erschien, war die nach dem Tod. Sie ereilte ihn immer nur an einer einzigen Stelle und immer plötzlich, wenn er auf dem meist achtzehn Minuten währenden Weg von seiner Wohnung zu den Würfelhäusern des Studios die Flussbrücke überquerte. Sie ereilte ihn an immer derselben Stelle jener Brücke, an der er den Wagen in einen kurzen und zähen Stau manövrierte.

Wenn er an jener Stelle an den Tod dachte, so fragte er sich immer wieder ein paar Meter weiter, wieso er gerade jetzt wieder an den Tod gedacht hatte. Irgendwann an dieser Stelle der Brücke und der Flussüberquerung muss mir jemand etwas vom Tod erzählt haben, dachte Kalb. Möglicherweise hatte er irgendwann einmal etwas Entsprechendes im Autoradio gehört, was ihm aus den vielen Meldungen aus dem Autoradio, die den Tod betreffen, besonders erinnerungswürdig vorgekommen sein musste.

Aber da war nichts.

Vielmehr war alles, was Kalb in den vergangenen sechs Jahren im Autoradio gehört hatte, überhaupt nicht mehr da. Er konnte sich an kein einziges Wort und kein einziges Lied und keine einzige Nachricht erinnern. Alles, was hier geredet und programmiert und aufgelegt und getan worden war, war einfach verschwunden. Alles, was ich in den vergangenen sechs Jahren im Autoradio gehört habe, dachte Kalb an jenem Morgen, ist zu einem Klumpen aus Lärm geworden, der irgendwo in der Kälte des Alls bis in die Ewigkeit seine Bahnen zieht, anstatt, wie die gefrorene Menschenscheiße, die mitunter aus Flugzeugen fällt, einfach hinabzurauschen und zu zerplatzen.

Noch immer roch er den Moschus.

Man kann ja nur hoffen, dass man wirklich tot ist, wenn man tot ist, dachte Kalb und überfuhr ein Tier, das auf der Fahrbahn sitzen geblieben war. Womöglich eine größenwahnsinnige Katze oder eine von Tierschützern gemästete Taube, die Knochen von irgendetwas knackten unter den Reifen – Kröck.

»Kröck«, sagte Kalb und schaute in den Rückspiegel, sah aber nichts mehr.

Das Studio, das Kalb an dem Tag, an dem er seine Sprache verlieren sollte, anpeilte und das für ihn seit nunmehr sechs Jahren der Grund war, sich morgens auf den Hinweg und mitunter erst in später Nacht wieder auf den Rückweg zu machen, war eine Vereinigung von Waschbetonwürfeln im grauen Grün draußen vor der Stadt. Irgendwo im Waschbeton stand der Würfel Nummer 7.

Joseph Kalb fuhr durch die Schranke zwischen Würfel 1 und 2 in der zulässigen Höchstgeschwindigkeit von zehn

Kilometern pro Stunde. Wie immer bei Nebel, sah er Würfel 7 erst, wenn er 28 Sekunden in eben jener Geschwindigkeit an den anderen Würfeln vorbeigefahren war. Kalb hatte das getestet, sechs Jahre lang. Die Augen flackerten zwischen dem Weg und dem Sekundenzeiger der Uhr am Armaturenbrett hin und her, immer hatte er die 30 Sekunden bis zur Sichtung des Würfels 7 voll machen wollen, ohne den Wagen zum Stillstand zu bringen. Immer wieder aber war er schon bei Sekunde 28 so weit gewesen, dass er die rote 7 sehen konnte. Was für merkwürdige kleine Spiele ich mir doch ausdenke, dachte er. Wie werde ich es schaffen, den Wagen nicht abzuwürgen und doch die 30 Sekunden voll zu machen? Allein in seinem Auto sitzend und mit zehn Stundenkilometern durch den Morgennebel gleitend, sagte Kalb an diesem Morgen in sein Auto hinein: »Bitte bleiben Sie so lange angeschnallt sitzen, bis die Anschnallzeichen über Ihnen erloschen sind und die Maschine zum völligen Stillstand gekommen ist.«

Schließlich waren es noch 12 Sekunden bis zum Eintreffen Kalbs in seiner Parkbucht. Wie immer, wenn Joseph Kalb in seiner Parkbucht eingetroffen war, würde er sich nach Abstellen des Motors und der damit einhergehenden Löschung der üblichen Klimaanlagen- und Radiogeräusche von der Stille, die danach im Wagen eintrat, einige Sekunden lang einwickeln lassen. Dann würde er sagen: »Meine Damen und Herren, der Fernsehmoderator Joseph Kalb hat soeben mit seinem Wagen die für ihn vorgesehene Parkbucht erreicht.«

Der Würfel 7 stand zwischen den Würfeln 9 und 11. Fuhr man von hinten statt von vorn ins Studio, durch die Einfahrt für die Lastwagen, hatte alles wieder seine Ordnung: 7 zwischen 6 und 8. Manchmal fragte sich Kalb, wieso nur bei rückwärtiger Anfahrt aufs Gelände alles seine Ordnung hatte. Manchmal fragte er sich das nicht. Fragte er sich das, so war ihm auch klar, dass er sich das, so lange er seine Sendung noch machte, immer wieder fragen würde. Er würde hingegen nie einen der Gramgebeugten oder Frohsinnsverdrehten nach einer Antwort fragen, zum Beispiel einen der vielen Hallen- und Hauswarte oder einen der Darsteller aus einem der Spektakel, die in jenen Würfeln aufgeführt und abgefilmt und dann zur Zerstreuung der Menschen im Fernsehen ausgestrahlt wurden.

Das wäre mir wirklich zu dumm, dachte Kalb, wenn die Frage nach der Ordnung der Würfel in ihm bohrte.

2

Oft war Joseph Kalb mit dem kleinen Anton und dem noch kleineren Flip, der eigentlich Philip hieß, am Wochenende ins Studio gefahren.

Während die Kinder über die Möbel und durch die Kulissen des Studios liefen oder das Kopierpapier im Büro mit Flugzeugen und Amöben voll malten, hatte er gearbeitet. Einmal hatte ein Gast nach der Aufzeichnung der Sendung am Dienstag einen Fußball »Für Anton und Philip« signiert, nachdem er die »schönen alten Namen« der Kinder gelobt und Kalb daraufhin »Ja, na ja« gesagt hatte.

Kalb hatte den Ball dann die ganze Woche über Abend für Abend im Studio vergessen, bis Alma ihm nachts gesagt hatte, er liebe seine Kinder nicht, sich selbst schon. »Aber hallo, mein Lieber, dich selbst schon, die Kinder hingegen liebst du nicht wirklich, lediglich als Clowns in deinem schwachsinnigen Sehnsuchtszirkus, aber nicht so, wie ein Vater seine Kinder lieben sollte, nämlich«, wie sie sagte, »praktisch.«

»Sonst hättest du irgendwann zwischen Dienstag- und Freitagabend den Ball mitgebracht.«

Kalb hatte nach Almas Vortrag, die dabei ein ums andere Mal ihre Locken aus den Augen gepustet hatte, sein Rederecht eingefordert und Alma dann in einem Solo mit »Erstens ..., zweitens ..., drittens ...« zurecht gewiesen: Dass sie so mit ihm nicht umgehen dürfe und sie gegen ihr eigentlich kluges und stilles Naturell plötzlich schockierend vulgär wirke. »Wo es sich doch bei dir, Alma, sonst um eine so würdig durch das Leben schreitende Person handelt.« In einen »mit Stolz bemalten Engel« habe er sich verliebt, »nicht in ein Waschweib«, sagte Kalb, und er sei ein »draußen allseits respektierter Mann«, der hart für diesen Respekt gearbeitet habe, jetzt sei es aber mal gut, nun werde er aber ungemütlich.

Sie hatte ihm daraufhin gesagt, er solle endlich aufhören mit seinem »Wortdreck« von »schreitenden Personen« und »angemaltem Stolz«. Er merke nicht, was für einen Schwachsinn er zusammenrede. »Du tickst nicht richtig«, hatte Alma gerufen. »Ich bin furchtbar traurig, und die Kinder werden melancholisch.«

Er sei hingegen überhaupt nicht mehr zu retten. Sie wünsche sich so, dass Kalb noch zu retten sei, glaube aber nicht mehr daran. »Du lebst in einer Parallelwelt«, hatte Alma geschrien, während Kalb durch den Türspion das Treppenhaus nach neugierigen Nachbarn absuchte. »Diese Parallelwelt ist bevölkert von krähenden Weibsbildern und Schiffsschaukelbremsern, die durchdrehen und Sondermüll anhäufen, sobald die Lampen eines Fernsehstudios angehen! Diese Menschen, Kalb, sind selbst dann nicht mehr zu retten, wenn sie am Abend vorher im Rahmen einer persönlichen Einladung bei dem wunderbaren Fernsehmoderator Joseph Kalb und seinem umherschreitenden Engel Alma Kalb noch vernünftige Sachen sagen. Ich habe die Schnauze so voll, Kalb, du glaubst gar nicht, wie voll ich die Schnauze habe.«

Er dachte, wie er und Alma über die Jahre klar gesehen hatten, dass ein immer frecher feixender Hass ihren Kriegsmotor beständig mit Sprit versorgte, und dass sie nicht fähig gewesen waren, die Niederlage anzuerkennen und die Unterschrift zur beidseitigen Kapitulation zu leisten, dass sie stattdessen ein ums andere Mal an einer Vervollkommnung in Detailfragen gearbeitet hatten, die sich schon lange nicht mehr stellten. Nach und nach hatten sich dann sämtliche Sätze und Gesten, selbst die friedlichen und friedensstiftend gemeinten, in den Augen des Gegenübers böse verfärbt.

Später hatte sich herausgestellt, dass schon damals zwei Mädchen in Almas Bauch gedeihten, was zunächst einen Hoffnungsschimmer auf die blassen Gesichter von Alma und Joseph gezaubert hatte. Nach Ansicht des so genannten Freundeskreises aber war dieser Umstand eine Katastrophe und schon bald nicht nur nach Ansicht des Freundeskreises.

Die zu frühe Geburt der Zwillinge in der Frauenklinik nur sieben Monate später bescherte nicht Alma im Wochenbett, sondern Kalb neben dem Wochenbett einen Nervenzusammenbruch. Insgesamt beschleunigte jene Zwillingsgeburt das Ende ihres streitsüchtigen Zusammenseins.

Alma warf Kalb an einem frühen Wintermorgen und nach einer eigentlich üblichen Auseinandersetzung aus dem dritten Stock des Altbaus seine Kleidung und einige kleinere Möbel hinterher. Außerdem flogen Kalbs Zahnpflegeinstrumente und sein persönlicher Medizinschrank durch die Dezemberluft, in dem vor allem pflanzliche Antidepressiva und Grippevorbeugungsmittel in erheblicher Menge über die Jahre ihrem Verfallsdatum entgegen gelagert waren.

Der fünfjährige Anton und sein zwei Jahre jüngerer Bruder Flip hatten, über den Streit fahl lächelnd, an jenem

Morgen des 1. Dezembers die bittere Gunst der Stunde und das Finale der Eltern genutzt und den von Alma selbst gebastelten Adventskalender vernichtet. Sie zerrissen die 24 Baumwolltaschen und aßen in einem Rutsch den darin versammelten Mix aus Süßem, Saurem und Vitaminreichem auf. Die erst zwei Monate alten Zwillinge wanden sich derweil in ihren Betten und weinten in einem Ton, der dem auf der Straße in Deckung gehenden Kalb wie das Gejammer von Katzen im Frühling vorgekommen war. Ein Vergleich, für den er sich umgehend sehr geschämt hatte.

Was bleibt, dachte er nun, was bleibt sind die Erinnerungen an Dinge, an die wir nie glaubten, dass wir uns an sie erinnern würden. Nach so vielen gemeinsamen Jahren konnte sich nicht Alma und konnte sich nicht Kalb an die vielen Worte erinnern, mit denen sie ihre Schlachten geschlagen hatten. Wurde Kalb, wie so oft, gefragt, woran es denn liege zwischen Alma und ihm, so lähmte ihn jedes Mal sein eigenes Schweigen. »Wir haben, wir sind, wir konnten nicht, wir haben einfach wegen allem, ich weiß nicht, es war einfach so, dass, wir haben ständig.«

Ich habe doch gar keine Ahnung, hatte Kalb dann jedes Mal gedacht, und er dachte auch jetzt, auf dem Weg zu den Würfeln, dass ihm das mal einer erklären möge, dass das ganze Gerede von den so genannten enttäuschten Wünschen und zerstobenen Erwartungen nicht einmal einen Bruchteil des Grundes ausmachten, weswegen Alma und er sich getrennt und die Kinder, für die sie aus jedem anderen Grunde ihr Leben lassen würden, mindestens ratlos und traurig, wenn nicht verzweifelt zurückgelassen hatten. Vier kleine Zeitbomben, dachte Kalb, die wir durch unsere Trennung präpariert haben, und die uns und den Menschen und die sich selbst eines Tages um die Ohren fliegen werden.

Kalb erinnerte sich nicht an Worte, und Gründe waren

kaum aufzutreiben. Aber er erinnerte sich an Töne wie an Töne einer alten Schallplatte, vinylknisternde Sekunden, in denen ein Lied durch etwas Kurzes, aber Atemberaubendes, eine Triole, ein Glissando, einen vorteilhaften oder auch fragwürdigen Trommelwirbel eine unvergessliche Wendung erhält.

Er hörte auf inneren Abruf das barocke Knacken der Familienwohnungstür, die in seiner neuen Wohnung mehr nach Dur und bei Alma und den Kindern mehr nach Moll klang, er unterschied zwischen dem Klang des auf die Kommode gelegten Wohnungsschlüssels in der Familienwohnung und dem Schlüsselklang auf der Kommode seiner neuen Wohnung, er empfand das Fauchen des Familiengasherds als versöhnlicher im Vergleich zu dem hysterischen Fauchen seines Solowohnungsgasherds.

Kalb hatte mal zu seinem Regisseur Hambeck gesagt, dass ihn diese Geräusch-Erinnerungs-und-Vergleichs-Parade mitunter in Traurigkeit stürze, er brauche nur am Telefon zu hören, wie bei Alma und den Kindern einer den Schlüssel auf die Kommode lege, schon werde er trübsinnig. Hambeck hatte Kalb damals gesagt, was er brauche, sei »mindestens Urlaub, du brauchst Urlaub sogar von Geräuschen«.

Immer wenn Kalb mit Anton und Flip im Wagen unterwegs gewesen war, war es ihm eine Freude gewesen, beim Parken des Autos eine hohle Hand vor den Mund zu halten und zu warnen: »Bitte bleiben Sie so lange angeschnallt sitzen, bis die Anschnallzeichen über Ihnen erloschen sind und die Maschine zum völligen Stillstand gekommen ist.«

Immer lächelten dann im Rückspiegel die Kinder den Vater weise an. Nicht wissen konnten sie, dass Kalb weniger seinen Pilotenscherz liebte und auch nicht vordergründig das Lächeln der Kinder, als vielmehr die Arglosigkeit dieser kleinen Wesen, die kaum etwas von der Welt wissen konnten und die Güte besaßen, ihrem Vater seinen mittelmäßigen Scherz nicht zu verhageln.

Sie gönnen ihrem Vater seinen dummen Scherz, dachte Kalb, denn wenn es um die Kinder ging, redete und dachte er von sich in der dritten Person.

Auf der Brücke hatte Anton einmal gefragt: »Papa, was denkst du gerade?« Und ehe Kalb sich wunderte, was Anton für eine Frage gestellt hatte, und lange ehe er sich darüber klar wurde, dass Anton diese Frage gestellt hatte, weil Alma ihm über die Jahre oft die gleiche Frage gestellt hatte, hatte Kalb seinem Sohn geantwortet: »Dein Vater denkt an den Tod.«

Dann hatte sich Kalb erschrocken. Erst über die Frage, die Anton seinem Vater gestellt hatte, und dann über die Antwort, die er seinem fünf Jahre alten Sohn gegeben hatte. Vermutlich habe ich sie nicht mehr alle, hatte Kalb gedacht, und: Mein lieber Schwan, ich glaub, es geht los.

Anton hatte gesagt: »Erst werde ich so groß wie du, dann werde ich wieder kleiner, dann werde ich tot.« Und Flip hatte gelacht und »Quatsch« gesagt und »Götterspeise«. Ein Wort, das einmal auch nachts aus dem Babyphon neben dem Bett der Eltern plapperte, die müde und traurig dagelegen waren in einer Wolke aus Lebensangst. Beide hatten dann geweint und sich umgehend wieder gestritten, wer von beiden die Schuld daran trage, dass ein Kind, das mitten in der Nacht etwas so Schönes wie »Götterspeise« sage, mit Eltern geschlagen sei, die miteinander schlechter auskommen als, wie Kalb sagte, »irgendwelche einfachen Menschen, wie man sie mitunter auf der Straße oder in den hinteren Reihen eines Flugzeugs sieht, die ihren Kindern aber ein warmes Zuhause bieten«.

3

Vier Jahre später, an jenem Tag, als Kalb im Beisein von rund 200 Studiogästen die Sprache verlieren sollte, hatte Kalb in den Wagen hineingesprochen, so lange sitzen zu bleiben, bis die Anschnallzeichen erloschen waren. Er hatte sich, wie oft während der letzten sechs Jahre, 12 Sekunden vor der planmäßigen Ankunft in der Parkbucht vor Würfel 7 die Frage nach der seltsamen numerischen Anordnung der Häuser gestellt, und ferner die Frage danach, warum er sich jene Frage erneut stellte.

Doch diesmal verlagerte Kalb nicht wie gewöhnlich jene Fragen sowie die Fragen nach jenen Fragen zurück ins Unterbewusstsein. Stattdessen schrie er auf, schnappte mit einem albernen Laut nach Luft, riss das Lenkrad nach links herum, gab Gas und raste bis zum Gästeparkplatz durch. Kalb stellte den Motor ab und saß dann noch rund fünf Minuten in seinem Auto, trocknete sich für weitere elf Minuten das Gesicht mit einem Taschentuch und versuchte, ruhig zu atmen.

Schließlich verkündete er dünn in die Stille: »Meine

Damen und Herren, der Fernsehmoderator Joseph Kalb ist heute nicht auf dem für ihn vorgesehenen Parkplatz eingetroffen. Sondern offenbar aus einer Laune heraus auf einem gewöhnlichen Gästeparkplatz. Bitte bewahren Sie die Nerven und verhalten Sie sich ruhig.« Erst dann machte er sich auf den Weg zur Tür unter der roten 7.

Vor der Studiotür lag eine Taube, die noch lebte, wenn auch eher in den letzten Zügen. Kalb beugte sich über den Vogel und blickte in ein gleichgültiges Auge. Was war hier zu tun?

»Hm«, machte Kalb.

Ein Mann im Blaumann und mit ein paar bunt bemalten Pappen unterm Arm blieb neben Kalb und der sterbenden Taube stehen. »Es gibt zweihundertfünfundfünfzig Taubenarten, Herr Kalb.«

»Ah, ja.«

»Ja, wussten Sie, dass sie kleine Steine aufpicken und dass die Steinsplitter dann im Magen die Nahrung zerkleinern? Das ist Teil ihres raffinierten Verdauungsprozesses.« Wenn er auch, wie der Mann in dem Arbeitsanzug anfügte, in diesem Fall vermute, dass die Taube ihre besten Tage hinter sich habe. »Die Tierschützer dieser Stadt streuen jedes Jahr vierhundert Tonnen Weizen- und Mischfutter aus, dabei verbreiten die Tiere erwiesenermaßen die Papageienkrankheit.«

»Tauben?«

»Ja, es heißt so. Papageienkrankheit. Erreger, so genannte Chlamyden, werden beim Herumflattern durch die Luft gewirbelt. Sieht man nicht, atmet man aber ein. Vor allem Kinder. Spielplätze und so weiter. Zum Kotzen. Ergebnis: zunächst Atemwegsinfizierung, dann werden alle anderen Organe befallen. In über fünfzig Prozent der Tauben wurden außerdem Herpesviren gefunden. Die haben ihre Scheiße untersucht, in der Universität, in der Institution«, sagte der Mann, »stand in der Zeitung.«

»Im Institut«, sagte Kalb.

»Genau«, so der Mann.

Die Taube starrte weiter orangefarben.

Denkt eine Taube?, dachte Kalb und schwieg.

»Sie sind leider nicht doof«, sagte der Pappen-Mann. »Sensationeller Orientierungssinn. Es wurden neulich Tauben beobachtet, die jeden Morgen in der Vorstadt in dieselbe U-Bahn fliegen und an immer derselben Station in der City gewissermaßen wieder aussteigen. Die treffen sich mit ihren Artgenossen. Fressen das Weizen- und Mischfutter der Tierschützer. Scheißen alles voll. Verbreiten die Papageienkrankheit. Abends fahren sie mit derselben U-Bahn-Linie wieder nach Hause, in die Vorstadt. Das müssen Sie sich vorstellen, Herr Kalb. Darüber müssten Sie mal eine Sendung machen, langsam haben doch die Menschen genug von den Tauben, ich kenne praktisch niemanden mehr, für den das Maß nicht langsam voll ist. Ungeheuerlich, was man sich heute alles bieten lassen muss.«

Die Taube machte eine Rolle seitwärts, nun schaute das andere Auge in die Aussichtslosigkeit.

»Ob man sie nicht töten sollte?«, sagte Kalb.

Der Mann schaute kurz um sich, dann nahm er eine der schweren Papptafeln und schlug damit etliche Male auf die Taube ein. Das Tier kratze mit einer Kralle über den Boden, starb aber nicht.

»Die muss auch denken, wir haben sie nicht alle«, sagte der Mann, »jedenfalls, ich pack's dann mal.«

Eine Glastür. Im Erdgeschoss der Pförtner und seine Zeitung, Kalb dachte mitunter darüber nach, den Pförtner der 7 nach seinem Namen zu fragen, aber was würde das ändern.

Der erste Stock. Eine Musiksendungsproduktion, aus der seit Jahren fabrikneue Jungen und Mädchen heraus und in die Welt purzelten. Diese Musiksendungen, dachte Kalb stets, sehen aus wie die Bilder der Dessert- und Eiskarten in den Ausflugsrestaurants. Es gab eine Zeit, als er sich über diese Sendungen verhalten erregt hatte. Inzwischen waren sie sozusagen zu sich selbst gekommen und die fragilen Figuren, die hier ein und aus gingen, lebten von ihren Darbietungen besser, als sie sich das je erträumt hatten.

So ist ja in sozialer Hinsicht immerhin für viele gesorgt, dachte Kalb, aber auch, dass es eine Katastrophe für das Land wie für die betroffenen Menschen wäre, wenn diese vielen jungen Künstler eines Tages auf der Straße säßen, wie es nun in Zeiten der Rezession schon hier und da passierte.

Hatten die Fernsehleute mal wieder eine Zeit lang über ihre Verhältnisse gelebt, so spuckte die ganze Maschine zu Beginn einer trostlosen Sparphase junge Künstler aus wie die Baubranche junge Maurer in ähnlich auftragsarmen Jahren. »Es ist kein Unterschied da«, hatte Kalb einmal auf einem Fest des Senders einem branchenfremden Menschen und seiner Gattin zu erklären versucht, »es ist kein Unterschied, ob du Maurer bist oder beim Fernsehen, nur dass du als Maurer eine Mauer bauen kannst, wenn du eine brauchst.« Woraufhin die Gattin gesagt hatte, dass man beim Fernsehen aber sicher gelegentlich »Mauern einreißen« könne, wenn sie das jetzt mal so sagen dürfe. Daraufhin war eine Gesprächspause entstanden, und dann hatte Kalb das Fest auch bald verlassen.

Die sehr zappeligen Menschen im musikalischen Gewerbe, dachte Kalb also, definieren sich ausschließlich über die Geilheit ihrer Anmutung. Da kommt sonst kaum mal was. Diese jungen Menschen sind eigentlich nicht lebensfähig. Sie haben zwar gelernt, sich irgendwie zu fühlen, aber nicht, zu denken oder zu sprechen. Sie müssen notorisch mit Farben und Düften und Stimmungen versorgt werden, da sie sonst verenden. Kalb dachte, dass der Mensch, der ihm das Moschusraumspray angedreht hatte, auch zu diesen Leuten gehörte, und dass auch in androgynen Boutiquen, in denen Möbel ihre eigene Musik hören, für Leute dieser Art gesorgt sei.

Nein, dachte Kalb, ich ärgere mich nicht über diese Menschen. Sie sind nicht böse, und oft sind die Mädchen immerhin schön anzuschauen, die plüschigen Knaben hingegen sind mir egal.

Eine junge Unterhaltungskünstlerin saß im Treppenhaus von Würfel 7 und starrte weinend in einen Schminkspiegel. Kalb beugte sich für einige Sekunden über das Mädchen, und als er sich erkundigte, ob er etwas für das Mädchen tun könne und hoffte, dass es sich daraufhin einfach bedanken und sagen würde, das sei nett von ihm, aber es komme schon alleine zurecht, zeigte das Mädchen auf ein Muttermal neben der Unterlippe. Dann fragte sie Kalb, ob er wenigstens eine Zigarette habe.

Im zweiten Stock ein Schild: »Bei Kalb. Produktion und Studio. Bitte Anmeldung im Parterre.« Hier ergab sich am Morgen des besagten Tages folgendes Bild.

In Raum 204 saß der junge Bug von der Produktion. In seiner Tür stand die Chefredakteurin Strohkamp, die zu Bug sagte: »Süßer, ich entnehme dem, was du gerade geredet hast, dass du der Frau den Rest der Nacht von deinen vielen Problemen erzählt hast. Sie wird sich dafür aber gar nicht interessiert haben. Schau Bug, eine Frau sollte man nicht noch stundenlang besprechen wie eine Pflanze. Wir wollen auch mal einfach gevögelt werden, Bug, ohne Mätzchen aus den Scheißzeitschriften, verstehst du? Danach wollen wir unsere Ruhe. Und am nächsten morgen wollen wir, dass ihr euch verdrückt und nicht noch ein umständliches Frühstück in unseren Wohnungen veranstaltet. Wir wollen, dass ihr aufsteht, während wir noch schlafen, im Halbschlaf wollen wir unsere schönen Hände hochhalten, dann wollen wir einen Handkuss von euch. Und dann ist es schön, wenn die Wohnungstür leise ins Schloss fällt.«

»Du bist doch lesbisch«, sagte Bug.

»Gott, Bug.«

In Raum 203 saß der alte Hambeck von der Regie, sein massives Kinn kraulend, am Telefon, Füße auf dem Tisch, Hörer zwischen Kopf und Schulter, müdes »Mmh« und »sollsewegbleiben, mir egal, Kalb ist das auch egal, ja, die Kuh, die Ruine. Ja. Wiedersehen.«

In Raum 202 die Löffelholz, Tür offen, Geklapper an der gurgelnden Espressomaschine, die Löffelholz zwischen Telefonalarm und Kühlschrank, Sachen sagend wie »Gottchen, nee, Kälbchen, Kälbchen«.

Raum 201: Kalb.

Joseph Kalb wand sich im weiteren Verlauf des Arbeitstages, der mit seinem seltsamen Verhalten auf dem Parkplatz begonnen hatte, unter blödsinnigen Kopfschmerzen. Er saß dabei in einem Stuhl, den man von oben bis unten so verstellen und anpassen konnte, dass Kalbs gesamter Knochenapparat nie mehr Schaden hätte nehmen dürfen. Die Armstützen waren mit jeweils sechs Reglern in orthopädisch sinnvolle Positionen zu bewegen. Die Rückenlehne und die Sitzfläche ließen sich anhand von zahlreichen weiteren Reglern nicht nur in der Höhe, sondern auch in der Flächenstruktur verstellen und mit Wellen und Buckeln versehen. Mitunter stand Hambeck hinter Kalb, drehte an Regler Nummer 12 und Kalb fuhr ein Modul wie eine

Faust in den Rücken, woraufhin er Hambeck anzischte, jetzt müsse wieder »der Orthopäde kommen und alles neu justieren«.

Hambeck entgegnete: »Das ist kein Stuhl, sondern ein Paranoidenmöbel. In so einem Möbel würde ich sofort krank werden.«

Der Stuhl war justiert an jenem Tag. Aber Joseph Kalb hing im Tagesverlauf mit dem Oberkörper über dem Tisch, die Armlehnen des Stuhls seitlich abstehend wie angewinkelte Flügel eines Düsenjägers. Sein Gesicht legte er in die Hände, die Mittelfinger massierten rechts wie links die Nasenwurzel.

Ging die Tür auf, weil die Löffelholz zum Beispiel mit Espresso hereinstöckelte, gab Kalb Leidensgeräusche von sich.

Kalbs Kopfschmerzen hatten immer im Stirn- und Nasenwurzelbereich ihren Auftritt.

Kalb war der Meinung, dass seine nähere Umgebung diese Kopfschmerzen niemals würde erleiden müssen und so auch niemals würde nachvollziehen können. Allein mit diesem Nichtverstehen konnte sich Kalb auch Almas Verhalten seinem Leiden gegenüber erklären. In den ersten Jahren hatte sich Alma noch regelmäßig nach seinem Befinden erkundigt, sein penetrantes Unwohlsein mit besorgtem Lächeln zur Kenntnis genommen, dann nicht viele Worte gemacht, sondern liebevoll seine Stirn massiert.

Später war sie davon abgekommen. Stattdessen hatte sie, wenn er seine Leidensberichte zu Überlebenskämpfen dramatisierte, ein besonders aggressives Konzert mit den Küchengeräten aufgeführt, hatte dann selbst Pillen eingeworfen und sich den eigenen Nacken massiert, Witze gemacht und einmal sogar aus einem Nebenzimmer gerufen: »Nur, weil bei deiner letzten Computertomographie kein Tumor da war, mein Liebster, heißt das nicht, dass jetzt immer noch kein Tumor da sein muss.«

Nur ihm wurden diese Kopfschmerzen zuteil, da war sich Kalb sicher. Das war sein Los. »Ich bin verloren«, hatte der gepeinigte Kalb ein ums andere mal den Ärzten entgegengeflüstert, die ihn in Röhren schoben, mit Nadeln, Tinkturen, Kuren und Oral- wie Analmedikamenten versorgten, sodass Kalb sich mitunter vorkam wie ein Industrieprodukt aus den Kinderlehrfilmen. Als ein Rohgegenstand, der erst durch krachende und herabsausende und schneidende und schweißende Maschinen geschoben wird, bis er schließlich mit den anderen Ex-Rohlingen in eine Wanne fällt, bevor sie poliert und für den Gebrauch hergerichtet werden.

Sein Kopfschmerz war ein brütendes, stechendes Inferno, eine Blasen werfende Nervensuppe, die seine Malzbonbonaugen zu peinlichen braunen Schlitzen verengte. Kalb sah auch an jenem Dienstag aus wie ein Lähmungspatient.

»Produktion und Regie nun mal doch in die Maske«, gurrte durch die Hausdurchsage die Löffelholz.

Daraufhin liefen Bug und Hambeck herbei. Der zappelnde und jammernde Kalb wurde zu einem Waschbecken im Löffelholz'schen Büro geführt. In dem Waschbecken befand sich Wasser mit Eiswürfeln, und in dieses Eiswasser drückten die Hände von Bug und Hambeck Kalbs Schädel. Rein, raus, exerzitiengleich so rundherum zwanzig Mal, bis Kalbs Knie nachgaben und er pfeifend nach Luft schnappte.

Nach der Behandlung kam von seinen blauen Lippen ein leises »Danke«. Dann legte er sich mit einem Gesicht aus Eisbeton auf das Sofa und bat um einen letzten Rest Ruhe vor der Sendung.

Spätestens zu diesem Zeitpunkt waren aus den Sehschlitzen wieder Malzbonbonaugen geworden. Jenes Paar Augen also, das Kalb schon im, wie er selbst befand, prätentiösen Vorspann seiner Sendung leuchten ließ, so als säße ihm während dieses Vorspanns ein besonders anbetungswürdiger Mensch gegenüber.

Was aber nicht der Fall gewesen war.

4

An die Fertigstellung des Vorspanns vor einem Jahr dachte Kalb auch an jenem Tag, an dem er seine Sprache verlieren sollte.

Und wenn er an den Vorspann dachte, dachte er an eine junge Volontärin, die bis vor kurzem in der Firma gearbeitet hatte und von Kalb nicht in eine Festanstellung übernommen worden war. Das hatte fatale Konsequenzen gehabt, erstens für die Kollegin, zweitens für Kalb, weil ihm deshalb zwei Mitglieder des Mitarbeiterausschusses nachstellten. Sie hatten sich für den Mittag jenes Tages angemeldet.

Ein mattes Lämpchen der Erkenntnis erleuchtete zwischen den Gehirnschmerzen, denn Kalb überlegte: Womöglich habe ich deswegen heute früh auf der Brücke an den Tod gedacht? Vorausahnungsschmerzen?

Er hatte damals bei der Fertigstellung des neuen Vorspanns in das böse Gesicht jener großen und mageren jungen Frau geschaut, die in seiner Produktionsfirma als Volontärin des Senders mal dieser, mal jener Arbeit nachgegangen war, aber nur kurz die Gäste der Sendungen betreut hatte, da jene Gäste sich schon bald über sie beschwert hatten: dass die Frau zwar für ihr unvorteilhaftes Äußeres sicher nichts oder nur wenig könne, vielmehr sogar eine sicher beklagenswerte Person sei, es andererseits aber auch für einen Gast kein reines Vergnügen sei, einer Person gegenüberzusitzen, die nicht rede, und zwar kein einziges Wort. Was man auch sage und sicher manchmal nur so daherplappere, stets schaue einen die dünne Frau böse an und spreche kein Wort. Einmal war ein Physiker kurz vor der Sendung zu Kalb gelaufen und hatte geweint. Er flehte Kalb an, ihn doch noch »aus dem Programm« zu nehmen, er habe erstaunliche Ängste, sowieso habe er diese Ängste, Kalb möge mit niemandem darüber reden, aber die Frau in der Maske habe diese Ängste sozusagen »abgerufen«, in dem sie eine halbe Stunde lang hinter ihm gestanden und ihm im Spiegel in die Augen geschaut habe. Er habe daraufhin geredet und geredet, und in einem fort habe die Frau geschwiegen, er sei sich sicher, die Frau sei »der Leibhaftige«, jammerte der Physiker. Kalb hatte damals gut zu tun, um den Physiker zu beruhigen und zu überreden, an der Sendung teilzunehmen und seine Entdeckung betreffend die Teilchenbeschleunigung zu erläutern: »Wir haben alle Angst vor ihr, sie hat eine Meise, beruhigen Sie sich.«

Die Volontärin hatte also für den neuen Vorspann Kalbs Gegenüber im Off darzustellen, sodass sie zwar natürlich niemals auf dem Bildschirm erscheinen würde, Kalb aber wusste, wo er hinzugucken hatte. Deshalb schaute er die ihn ohne Zweifel verachtende junge Frau begehrlich an, blöde verspielt warf er dabei den Kopf nach hinten. Kalb fand den Vorspann minderwertig und geckenhaft. Aber »lass mal gut sein«, hatte ihm Hambeck gesagt, »das ist

Fernsehen, kannst ja zurück zum Radio, wenn du nicht gesehen werden willst. Tu mal nicht so doof.«

Das Gesicht der bösen Auszubildenden hatte Kalb nicht vergessen, wenn er die Frau auch vor einigen Monaten und nach einem kurzen, seiner Meinung nach lästigen Monolog zügig verabschiedet hatte.

»Eine Frau, die so groß und mager ist und sich nicht in der Lage sieht, zu sprechen oder wenigstens mal zu lächeln, eine solche Frau trägt Probleme in die Firma, das kann doch keiner von uns wollen«, hatte er seinen Leuten erklärt. Vielleicht werde die Frau ja an anderer Stelle im Sender gebraucht. »Im Archiv zum Beispiel fallen meiner Erfahrung nach stille Menschen nicht weiter auf. Sie kommen mitunter sogar gründlicher ihrer Arbeit nach als Menschen, die sich leicht ablenken lassen oder unter ihrem Geltungsbedürfnis leiden.« So sei das. Und womöglich auch bei der jungen Frau. Aber die habe nicht ins Archiv gewollt.

Bug hatte ihr das Senderarchiv in einem langen Vortrag schmackhaft zu machen versucht, die Frau hatte Bug angestarrt, dann hatte sie leise »Nein« gesagt und Bug war sehr rot geworden, und später hatte er Hambeck und Kalb gebeichtet, dass er nicht gewusst habe, ob er einfach nur Angst vor dieser Frau haben oder ihr endlich mal eine wischen sollte.

Hambeck hatte nach Kalbs Ankündigung, dass man sich von der Frau nun doch sehr zügig trennen müsse, zunächst nicht einmal von seiner Zeitung aufgeschaut. Bug hingegen hatte versichert, jene junge Frau müsse »womöglich nur mal richtig gefickt« werden, und zwar »nach Strich und Faden. Hätte man mir was gesagt, so hätte ich mich der Sache angenommen.« Er hatte einen Zuckerwürfel nach dem anderen in seinen Kaffeebecher geworfen und dann ergänzt, sicher wäre jener Job »kein reines Vergnügen geworden«. Aber was tue man nicht alles für die Firma. »Sicher hätte sie dann auch nicht den Teilchenbeschleuniger fertig gemacht, die Schlampe.«

In der Runde hatte man daraufhin über den jungen Bug geseufzt, Hambeck hatte später zu Kalb gesagt, »Bug hat ja doch vielleicht auch nette Seiten, oder? Oder nicht? Doch!«

Die Löffelholz hingegen hatte das kurze Gespräch vom Vorzimmer aus verfolgt und war nachher bei Kalb mit einem hastigen Flüstern vorstellig geworden. Sie sei nun schon seit über dreißig Jahren im »so genannten Mediengewerbe« tätig. Auch sie finde, dass eine Frau etwas aus sich machen und sich eingliedern müsse. Sie sei auch keine Feministin, dazu habe sie immer zu gern mit den Männern geschlafen und tue das immer noch, wenn sie das einfach mal so sagen dürfe, Kalb müsse es ja nicht an die große Glocke hängen. Andererseits sei es an Kalb, den jungen Bug in einem vertraulichen Gespräch in die Schranken zu weisen. Es seien außer ihr auch noch andere Frauen in der Firma. »Ich möchte da keine Namen nennen, ich bin eine vertrauenswürdige Person, aber auch diese Frauen, Kälbchen, fühlen sich von den Ausfällen des jungen Bug betroffen. Nur, dass du das jetzt einmal weißt. Ich will ja lieber mit dir selbst drüber reden statt hinter deinem Rücken mit anderen.«

»Ja, wie auch immer«, hatte Kalb gesagt, und dass er dem Bug den Kopf waschen werde und sich jetzt aber mal alle wieder einkriegen sollten. »Es pfeift in meinen Ohren.«

»Du musst dich entspannen, Kälbchen. Den lieben langen Tag die vielen Anfragen, und dienstagabends dann die Sendung«, hatte die Löffelholz gesagt. »Und die Trennung von Alma, und die Kinder nur noch, wenn überhaupt, am Wochenende, Kälbchen, und dann liebst du sie so, aber andererseits sind die Kinder ja an diesen Wochenenden auch sehr massiv, das steckt dir alles in den Knochen.«

Kalb dachte damals zu sehr später Stunde und während in seinem rechten Ohr ein milder Pfiff die Runde zog: »Ich will hier und auf der Stelle umfallen.«

Nun, an jenem Tag, an dessen Ende Kalb verstummte, hatte die Sache mit der von Kalb damals nicht in die Festanstellung übernommenen Frau ein Nachspiel. Im Büro saßen die zwei Mitglieder des Mitarbeiterausschusses des Senders, für den Kalb »Bei Kalb« produzierte. »Immer dienstags, immer dienstags, immer dienstags«, wie Kalb oft dachte.

Die zwei Mitglieder, obschon Kalb wegen vergangener Querelen nicht unbekannt, stellten sich abermals als eine Frau Kast und ein Herr Frohvogel vor.

Trotz seiner Meinungsarmut, die Kalb in Zeitungsinterviews eloquent mit gespielter Entrüstung über diese oder jene Ungerechtigkeit verwischen konnte, waren ihm diese beiden Gestalten in hohem Maße zuwider.

Als Schutzheilige der so genannten kleinen Leute im Sender dienten sie in seinen Augen letztlich einem korrupten und kaltblütigen und aufgeblähten Betrieb, in dem sich alle unter der Fuchtel von ehrgeizigen Lokalpolitikern, verhaltensgestörten Abteilungsleitern und einem alkoholkranken Intendanten versammelt hatten wie in einer beschützenden Anstalt.

Sämtliche Programmreformen der vergangenen Jahre waren trotz blumenreicher Begleiterklärungen seitens der Intendanz und der devoten Pressestelle jener Intendanz auf nichts anderes ausgerichtet als darauf, den notorischen Entrüstungsdrang der Leute draußen im Lande zu füttern und ihn mit kasperbunten Abgeschmacktheiten andererseits wieder zu betäuben. Immer wieder hatte Kalb auch seinen Leuten eingetrichtert: »Es geht um Rührung oder Entrüstung oder Betäubung, den Rest können wir bitte vergessen.«

Auf gewöhnliche Zugverspätungen reagierten die Menschen, für die dieses Programm gemacht wurde, mit Tätlichkeiten gegen das Bahnpersonal und auf minimale politische Krisen oder einen toten Soldaten, der bei einem Auslandseinsatz von einer Spinne in seinem Feldbett vergiftet worden war, mit Hamsterkäufen, Massendemonstrationen und damit, ihre weinenden Kinder in die Fernsehkameras zu halten.

Kalb war das vollkommen egal.

Nicht egal war ihm, dass nun ausgerechnet die Kast und der Frohvogel so taten, als seien sie für das gewöhnliche Elend weniger verantwortlich als andere. Der Sender diente sich den kaum lebenstüchtigen Menschen draußen an wie ein Onkel, der auf dem Spielplatz Schokolade an zuckerkranke Kinder verteilt. Und diese beiden hässlichen Gestalten hier machen mit, dachte Kalb, aber es treibt sie das Wissen um ihre nahezu totale Belanglosigkeit offenbar in den Wahnsinn. Jetzt habe ich wieder mal den Salat. Diese beiden, die im Schweiße ihrer Eifrigkeit in meinem Büro herumsitzen und meine Lebenszeit stehlen, sie verlangen nach der Macht.

Sie werden diese Macht nie erhalten, dachte Kalb.

Sie sind komplette Versager.

Und da sie Mitglieder des Mitarbeiterausschusses sind, sind sie leider unkündbar.

5

Schon Frohvogels Einführung verstärkte Kalbs Kopfschmerzen. Eine derart zutatenreiche Brühe in einem einzigen Satz konnte nur von jemandem zusammengeschüttet werden, der zeit seines Lebens auf Gewerkschaftskongressen und vergleichbaren Zusammenkünften einer Gehirnwäsche und systematischen Verblödung unterzogen worden war:

»Kalb, sicher fragen Sie sich, wieso wir hier erscheinen, da wir doch als von den Sendermitarbeitern direkt gewählte Interessenvertreter eben jener Sendermitarbeiter streng genommen nur für die Interessen der direkten und fest beschäftigten Sendermitarbeiter, nicht aber vordergründig für die Interessen der Volontäre des Senders, die in Ihrer Firma, die halt unserem Sender zuarbeitet, auf eine Festanstellung hoffen, zuständig sind.«

Kalb fragte sich das keineswegs, die sämige Einleitung des Mannes war ihm vielmehr wegen vergangener Querelen mit anderen Volontären bekannt. Er sah die Kast an, und es erschien ihm, als habe sie unter der gelben Pagenfrisur eine Haut aus rötlichem Pergament, durch das man bis zum Schädelknochen durchschauen konnte.

Frohvogel fuhr fort: »Natürlich, lieber Kalb, ist der Mitarbeiterausschuss des Senders bei Firmen, die dem Sender zuarbeiten, aber selber keinen Mitarbeiterausschuss haben, wie dies ja bedauerlicherweise auch bei Ihrer Firma der Fall ist, dazu aufgerufen, eben auch die Interessen der Mitarbeiter der mitarbeiterausschusslosen Zuliefererfirma zu vertreten. Zumal, wenn diese eigentlich im Rahmen ihres Volontariats in unserem Sender den Weg in Ihre Firma finden. Können Sie mir folgen?«

Kalb schwieg.

»Nun ja«, fuhr Frohvogel fort und haute sich mit gespreizten Händen auf die Oberschenkel, »auf den Plan treten wir sogar sehr dringlich dann, wenn Volontäre, die im Rahmen der ohnehin verbesserungswürdigen Ausbildung im Sender auch in Ihre Firma, lieber Kalb, Einblick erhalten, sowie dann auch einen Hoffnungsschimmer auf eine Festanstellung vermittelt bekommen. Dies ist auch Teil eines Paragrafen aus Ihrem Vertrag mit dem Sender, eines Paragrafen, der zwar leider erst auf den hinteren Seiten des Vertrags zu finden, insgesamt jedoch eindeutig im Vertrag enthalten ist.«

Wenn er, Kalb, mal sehen wolle, sagte Frohvogel, wühlte mit vibrierenden Händen aus seiner Ledertasche eine Kopie des Vertrags vom Soundsovielten heraus und hielt Kalb durch den Bürostaub des Mittagslichts das Papier hin.

Da Kalb keine Anstalten machte, auf den Vertrag zu schauen, für dessen Einzelheiten er sich nie interessiert hatte und dessen Einzelheiten ihm deshalb, wie er fand, oft genug über den Kopf zu wachsen drohten, steckte Frohvogel mit hochgezogenen Augenbrauen das Papier wieder in die Ledertasche und stellte die Tasche auf den Boden.

Kalbs Blicke folgten der Tasche, weshalb er schließlich auf den Boden schaute und dann auf Frohvogels hässliche Schuhe. Die Schuhe sahen aus, als habe man sie zum Zweck der Fußgesundheit rund gebacken.

Diese Schuhe, dachte Kalb, während Frohvogel redete und redete, diese Schuhe sehen aus wie freundliche Brote aus einem Kindermärchenbuch, dazu aber sind diese Schuhe Weinrot und Traubengrün. Mein Gott, es ist doch ein geradezu wesentliches Charaktermerkmal, ob sich einer für wenig Geld würdige Schuhe oder für sogar viel Geld, wie hier zu befürchten, so zweifelhafte Schuhe zulegt. Aber wieso denke ich über Frohvogels Schuhe nach? Was kümmern mich diese Schuhe? Was ist aus mir geworden, dass ich ihm nicht zuhöre und mir stattdessen herablassende Gedanken über seine unwichtigen Schuhe mache?

Nun übernahm die Kast das Wort, in dem sie in hohen Tönen, wie es Kalb erschien, das Büro tapezierte: »Ich«, quakte die Kast und harkte in ihre Pagenfrisur, »bin nun seit sehr vielen Jahren im Sender und habe ja wegen der Aufgaben, die der Mitarbeiterausschuss mir stellt, die Karriere inzwischen hinten angestellt. Dabei bin ich aber in der Regionalnachrichtenredaktion übrigens nicht unglücklich.«

Kalb dachte an die sterbende Taube, die er heute früh vor Würfel 7 gefunden hatte. Die vierhundert Tonnen Weizen- und Mischfutter, die Tauben wie diese alljährlich von den Tierschützern überreicht bekamen, erschienen ihm ein wenig viel.

Er überlegte, ob es stimmen könne, was der Pappen-Mann erzählt hatte, dass die Tauben sozusagen morgens mit der U-Bahn in die Stadt fahren, ihren Aufgaben nachgehen, also dem Verzehr des Weizen- und des Mischfutters der Tierschützer, sowie der Ausscheidung jenes Futters und der Verbreitung der Papageienkrankheit. Und dass sie dann abends wieder nach Hause fahren. Andererseits meinte er sich ebenfalls daran zu erinnern, etwas Derartiges in einer Zeitung gelesen zu haben. Wenn das ausufert, dachte Kalb.

Ob die Taube draußen immer noch lebte?

»Ich bin, wie gesagt, nicht unglücklich«, wiederholte die Kast.

»Ja«, sagte Kalb.

»Der Sender hatte zwar«, fuhr die Kast fort, «als er mich für übrigens viel Geld vor vielen Jahren abgeworben hat, große Pläne mit mir. Aber ich bin mir eben im Gegensatz zu anderen nie zu schade gewesen, auch mal die unpopulären Themen, die heißen Eisen, anzufassen. Während andere sich womöglich lieber im Ruhm sonnen. Aber das sei denen ja gegönnt, solange Leute wie ich hier die Sachen anpacken, die den Leuten auf der Seele brennen.«

Immer gehe es um ein Gleichgewicht aus Spaß und Glanz auf der einen Seite sowie aus Bürgerengagement auf der anderen Seite.

Leider aber, und da sei sie sich mit Kalb sicher einig, gebe es durchaus immer wieder Bereiche im Sender und vor allem in den »mitarbeiterausschusslosen Senderzuliefererfirmen«, in denen die Demut und der Respekt vor der Menschenwürde mit den Füßen getreten würden.

»Möglicherweise, lieber Joseph, ist da insgesamt im Zwischenmenschlichen etwas aus dem Ruder gelaufen, und zwar in der ganzen Gesellschaft!«

Kalb fragte sich, warum ihn die Kast, die sich ja auch nicht mit ihrem Vornamen vorgestellt hatte, duzte. Und ob er ihr das je erlaubt hatte. Während er sich sicher war, dass er das dieser Person nicht erlaubt hatte, und während der Kopfschmerz verheerend tobte, kreischte die Kast: »Ich bin sicher, dass die zwischenmenschliche Komponente vor allem auch in den Bereichen des Senders leidet, in denen Stars und Sternchen, sag ich jetzt mal, ein und aus gehen, und ein leichtes Leben suggerieren, das es so ja in der Wirklichkeit gar nicht gibt, wie du sicher auch weißt.« Insgesamt halte sie ihn, den Joseph, übrigens für einen feinen Kerl, sie kenne ihn schon seit langem, man begegne sich immer wieder, mal hier, mal dort. »Nicht jede Sendung ist übrigens gleich gut, da darf man sich nichts vormachen, da bist du sicher mit mir einig, aber grundsätzlich bist du doch seit Jahren auf einem guten Weg, da brauchst du dir kaum Sorgen zu machen.«

Das sage sie auch fortwährend den vielen Kolleginnen und Kollegen im Sender, deren Namen sie aus den üblichen vertrauenstechnischen Gründen nicht nennen wolle, die aber der Meinung seien, Kalb sorge vielleicht für eine gute Zuschauerquote, sei aber im übrigen ein Arschloch. Auch so was sei schon zu hören gewesen. »Aber ich habe dich da immer rausgeboxt. Das hat mir schon ordentlich Arbeit gemacht, das kannst du dir gar nicht vorstellen, Joseph, ja!«

Kalb erschien es jetzt, als füllten sich seine Glieder mit Sand. Meine Arme und Beine sind schon derart mit Sand gefüllt, dachte er, dass sie wie pralle Säcke an meinem dummen Rumpf hängen. Jetzt muss nur noch jemand mit einer Nadel kommen, und pieks, rieselt der Sand aus meinen Gliedern und zurück bleibt nichts als meine Hülle, die dann mit einem leisen Flappen in sich zusammenfällt. Flapp.

Was wollen die von mir?

»Nun«, setzten die Kast und Frohvogel gleichzeitig an, woraufhin beide erst mal albern mit Händen und Armen herumruderten, um dem jeweils anderen das Rederecht zu erteilen. »Nun«, versuchte es noch einmal die Kast, während Frohvogel lächelnd seufzte, »du hast ja die junge Frau Hedwigsthaler nicht in die Festanstellung übernommen. Und die Frau war gerade im Begriff, Fuß zu fassen, nachdem sie sich ja am Anfang offenbar ein wenig sonderbar, wenn auch nicht ungeschickt angestellt hatte. Jedenfalls fragt man sich seitens des Mitarbeiterausschusses, ob hier nicht zu grob mit Menschenschicksalen gespielt wird. Zumal ja eine Auszubildende billiger ist als eine fest Angestellte. Und wenn man immer wieder Auszubildende engagiert und die dann nie in die Festanstellung übernimmt, ergibt das einen Kreislauf, der sich vielleicht für dich, Joseph, finanziell auszahlt, nicht aber im Sinne des Mitarbeiterausschusses ist. Das kannst du ja nachvollziehen.«

Er schwieg.

Die Kast zeigte lächelnd ihre kleinen Zähne und gluckste. Frohvogel versuchte die entstehende Pause zu durchbrechen: »Ja, das war's eigentlich, was wir einfach mal kurz ansprechen wollten.«

Gern hätte Kalb gerade jetzt mit einer schönen Frau geschlafen. Dann sann er darüber nach, wie sehr er Menschen hasste, die darüber redeten oder schrieben, wie sich Männer nach einer schönen Frau sehnen und was sie mit ihr alles gern anstellen würden.

Das Moschusraumspray, dachte Kalb. Kürzlich hatte er eine Fernsehdokumentation über den Moschusochsen gesehen. »Während der Brunftzeit riecht der Moschusochse stark nach Moschus«, hatte der Tierfilmer gesagt, während ein fickender Moschusochse zu sehen gewesen war, und Kalb hatte, allein vor dem Fernseher sitzend gesagt, »Nach was denn sonst, du Idiot«.

Dann lüftete sich der Schleier seiner Gedanken und wieder sah er die Gesichter der Kast und des Frohvogel. Als er nun sprach, war es ihm, als rieselten Sandkörner aus seinem müden Mund.

»Die Frau Hedwigsmaler …«, begann Kalb.

»Hedwigsthaler«, sagte Frohvogel leise.

»Die Frau Hedwigsthaler«, sagte Kalb, »war eine hilfsbereite, aber bis zuletzt stumme Person, die meine Gäste in Befangenheit gestürzt hat. Mir ist ja nichts anderes übrig geblieben, als der jungen Frau eine gute Zukunft zu wünschen, wenn auch nicht in meiner Firma, da sie in der Firma und die Firma mit ihr nicht glücklich geworden wäre. Das ist natürlich schade, aber na ja. Wieso hat man sich denn eigentlich im Mitarbeiterausschuss nicht dafür eingesetzt, die Frau Hedwigsthaler in anderen Bereichen des Senders mit einer Festanstellung zu versehen? Im Archiv beispielsweise. Da sind doch einige, die den Mund kaum aufbekommen und aber trotzdem hervorragend ihre Arbeit machen. Was ich wirklich sehr zu schätzen weiß. Jeder nach seiner Fasson.«

Er sei es ja schon müde, aber noch einmal verweise er außerdem auf die Tatsache, dass er zwar möglicherweise Stars und Sternchen in seiner Sendung zu Gast habe, dass aber auch die Vorbereitung auf diese Menschen nur mit Ernst vonstatten gehe und einer sorgfältigen Recherche, wofür die Mitarbeiter des Senderarchivs sozusagen Gold wert seien.

»Das habe ich doch auch immer wieder zum Ausdruck gebracht, an höchster Stelle, und einige Male sogar in der Sendung, aber ich will doch keinem dieser Archivare zumuten, in meiner Firma die Gäste auf die Sendung vorzubereiten. Meine Gäste sind oft sensibel und nervös. Oft sind sie auch sensibel und dumm, was die schlimmste aller denkbaren Möglichkeiten ist. Und dann sitzt da eine potenzielle Archivarin wie die Frau Hedwigsthaler und sagt nichts zu diesen Gästen. Schaut immer nur. Haben Sie zwei denn mal darüber nachgedacht? Was bleibt mir denn übrig?«

»Außerdem«, sagte nun Frohvogel, »ist uns zu Ohren gekommen, wie über die junge Frau Hedwigsthaler in Ihren Räumen gesprochen worden ist. Ich will das Vokabular nicht vertiefen, lieber nicht, vom sagen wir mal Ficken war hier wohl die Rede. Sie wissen. Sicher. Auf jeden Fall gibt es bei Ihnen offenbar Mitarbeiter, die sich auf eine Art und Weise ungebührlich über die Frau Hedwigsthaler und über Frauen allgemein geäußert haben, dass es einem ehrlich gesagt die Schuhe auszieht.«

Und dass man derlei im Mitarbeiterausschuss diskutiere, natürlich, wie er sich denken könne. Er selbst, Frohvogel, sei seit seiner Jugend gegen jede Form der Diskriminierung »auf die Barrikaden gegangen«, auch und besonders gegen die Diskriminierung der Frauen. Auch sonst sei die Frau Hedwigsthaler eine insgesamt bedauernswerte Person, da erst vor zwei Jahren ihr Vater bei einem Unfall gestorben sei, was wiederum die Mutter der Frau Hedwigsthaler in Depressionen gestürzt habe. »Vielleicht war die Frau Hedwigsthaler auch deshalb so still. Haben Sie das nicht gewusst?«, fragte Frohvogel.

»Nein, die Frau hat ja nicht geredet. Wo komme ich denn hin, wenn ich meine Auszubildenden frage, wie es ihren Eltern so geht«, sagte Kalb lahm. »Oder ergangen ist.«

»Ja«, sagte Frohvogel, »manchmal kommt man doch so ins Plaudern, aber offenbar nicht bei Ihnen in der Firma. Und wenn, dann werden offensichtlich andere Themen behandelt. Aber, wie gesagt, eigentlich mögen wir Sie ja.«

»Ja, genau«, sagte die Kast.

In diesem Moment traten Bug und Hambeck ins Zimmer.

»Kast, Mitarbeiterausschuss!« keifte die Kast.

»Frohvogel, dito«, sagte Frohvogel.

»Aha«, sagte Bug.

»Hambeck«, sagte Hambeck.

Umgehend machten die zwei Mitglieder des Mitarbeiterausschusses Anstalten, sich zu verabschieden. Die Kast mit einem entgleisten Lächeln im Pergamentrot, Frohvogel sagte noch im Hinausgehen: »Wir kommen da schon zusammen, nicht wahr, nur, dass Sie es wissen, dass wir mal alle ein Auge drauf haben. Wiedersehen.«

Tür zu.

»Herrjeh«, sagte Hambeck.

»Fickvogel«, sagte Bug.

6

Nach dem Besuch Kast/Frohvogel, der Eiswasserbehandlung sowie der Einnahme verschiedener Schmerzmittel saß Joseph Kalb mit nahezu gefrorener Gesichtshaut im Maskenstuhl seines Vorbereitungszimmers.

»Ich habe ein Gesicht aus Beton«, sagte er und schaute in den Spiegel. »Ein Gesicht aus Eis. Gleich wird das Eis schmelzen, denn ich werde verkabelt und in die Licht-Arena geführt. Dort werde ich vor Schmerzen sterben. Ich hoffe, dass ich vor Schmerzen einfach umfalle und tot bin.«

Bug hörte dies, schob die Maskenbildnerin zur Seite und brüllte: »Kalb, jetzt ist gut, immer dieser Gehirndreck hier am Dienstag.«

»Hilfe!«, rief Kalb.

Die Maskenbildnerin lief aus dem Raum, Hambeck schlurfte herbei. Er schob Bug hinaus, nahm Kalbs gepudertes Eisgesicht in die Hände, drückte seinen Mund gegen Kalbs Stirn, küsste ihn auf die gepuderten Angstfalten.

»Hambeck, ich habe Angst! Ob die Taube noch lebt?«

»Kalb, du bist der Größte, reiß dich zusammen! Welche Taube?«

»Ist gut, ist gut, Hambeck, ohne dich wäre ich ja übrigens längst tot.«

»Halt jetzt den Mund, die Gäste sind da, wir schnabeln sie ein bisschen zu da draußen. Du weißt ja, dass drei Masken wegen der Renovierung geschlossen sind. Sie sitzen also alle zusammen in der vier. Atme jetzt tief ein und aus, ich lass dich kurz allein.«

Kurz darauf kamen die Gäste in die Maske und lärmten vertraut. Zum Beispiel versicherten sie sich gegenseitig, man sehe ja blendend aus. Wie es denn immer so gehe.

Als Gast in seiner Sendung begrüßte Kalb an jenem Abend einen jungen und stets schlecht gelaunten Dichter, der schon sieben Mal in der Sendung gewesen war. Der Dichter hatte immer viel zu sagen, außerdem hatte er ein neues Buch geschrieben. Neuerdings verzichtete er auf Adjektive und schrieb nur noch im Präsens. Um ihn herum hatten sich so im Laufe der vergangenen Monate einige noch jüngere Epigonen versammelt, die auch alles im Präsens aufschrieben und auf Adjektive verzichteten, sodass man sich als eine Art Schule sah, der der Dichter also vorstand.

In den Zeitungen war zu lesen, ein so schlechtes Buch wie sein letztes habe der Dichter schon lange nicht mehr geschrieben, und was es für ein Humbug sei, mutwillig auf Adjektive zu verzichten und nur noch im Präsens zu schreiben. »Keine Adjektive«, hatte Kalb gemurmelt, als er von der Einladung des Dichters erfahren hatte, »als hätten wir nicht genug Probleme auf der Welt.« In einer Zeitung, die diesen Dichter im Jahr zuvor zu einem maßgeblichen Talent erklärt hatte, hieß es, man habe diesen Dichter möglicherweise zu früh mit Ruhm überhäuft. Das habe der Dichter nicht vertragen, nun habe man den Salat und der Dichter sei »ein Misanthrop in edlem Tuch«.

»Warum haben wir wieder diesen Dichter, der ja auch noch so ein prätentiös schlecht gelaunter Mann ist?«, hatte Kalb Bug und Hambeck gefragt. »Er wird doch nur verrissen, er ist völlig ausgebrannt. Die Zeitungen schreiben, ihm sei der Stoff ausgegangen. Jetzt schaut er noch lebensmüder als ohnehin schon und verzichtet auf Adjektive. Was für ein Blödmann, Hambeck!«

Hambeck schob den wieder schnell atmenden Bug aus dem Raum und stellte sich mit dem Rücken gegen die Tür, gegen die Bug hämmerte: Den Scheißladen könne er auch verlassen, dass er in Kalbs Firma nur mehr der Idiot sei, dass ihn alle mal ordentlich lecken könnten.

Wie immer, wenn Bug kurz vor der Sendung durchdrehte und Kalb seinen Zweifeln freien Lauf ließ, zog Hambeck den Kopf des Moderators an seine Brust. »Kalb, komm, am Ende wird Gott dein Werk sehen und nicht deinen Weg zu diesem Werk.«

»Ach, Hambeck, was redest du denn da?«

»Mist, lieber Freund, aber sag, dass es dir gut tut.«

Zu der Gästeriege jenes Abends gehörte auch die in sozialen Dingen tätige Frau eines kürzlich gestrauchelten Ministers. Die Frau war zum zweiten Mal in Kalbs Sendung, ihr Mann hatte, als er noch wer war, elf Mal bei Kalb gesessen und sich als gottesgläubiger Mensch verkauft, der aber auch mal gern über die Stränge schlage.

Außerdem saß da ein zitternder und beunruhigend alter Mann mit schreckgeweiteten Augen in der Maske. Bug nannte jene Unprominenten, die sich mit einer einzigen Heldentat für die Sendung qualifiziert hatten, »Zerstörer«, weil sie der Unmittelbarkeit von Kamera und Mikrofon nicht gewachsen waren. Sie bohrten in der Nase oder in den Ohren, plapperten Zeugs, glotzten während ewiger Monologe in die Kameras statt in die Augen ihrer Gesprächspartner. Die Bildregie hatte mit ihnen immer alle Mühe, oft musste man sie wegblenden, und immer, wenn man stattdessen auf Kalb blendete, sah man auch nur, wie der Moderator versuchte, jene Gäste zu besänftigen, in dem er mit einer Hand ins Off tatschte, wo die Fernsehzuschauer zurecht die zitternden Schultern der senilen Laien vermuteten.

Jener alte Mann jedenfalls hatte vor einigen Wochen einen fünfjährigen Jungen, der zu ertrinken drohte, aus einem Fluss gezogen. Die Tat hatte dem Mann immerhin eine lokale Prominenz eingebracht, zumal jener Junge einer Minderheit in Glaubensfragen angehörte, die in dem Dorf bis dahin ein verhasstes Dasein geführt hatte. Die fortschrittlichere der beiden Lokalzeitungen jubelte, und Hambeck, der von jenem Fall aus der Zeitung erfahren hatte, hatte daraufhin gesagt: »Da lässt sich was machen.«

Verspätet wehte schließlich ein Schauspieler in die Maske, der sogleich Atemübungen in seinem Sessel aufführte.

»Wieso sitzt da außer dem Dichter nur welkes Personal?«, so Hambeck im Gang zu Bug, »und wieso zum Beispiel keine junge Frau?«

»Wir haben doch gestern erst drüber geredet, müssen wir das Fass jetzt aufmachen?«, fauchte Bug. »Es sitzt dort nur welkes Personal, du Arschloch, weil die jungen Früchte keine Zeit hatten, und weil du den welken Herrn haben wolltest, der in den Fluss gelaufen ist, damit das kleine Früchtchen wieder Luft kriegt.«

Bug starrte hinaus in den Regen. Dann sagte er: »Immerhin haben wir schon seit Monaten keinen Zeitungsjournalisten mehr in der Sendung gehabt, ich habe sämtliches Gebettel der Zeitungsjournalisten ignoriert, ich habe sie alle auflaufen lassen, verstehst du, Hambeck, nur, damit Kalb seine Ruhe vor dem Pack hat.«

Ein ums andere Mal hatte Kalb seinen Leuten gesagt:

»Schreibende Journalisten scheitern im Fernsehen an ihren Redaktionsstubengedanken, verschont mich von schreibenden Journalisten.«

Sechzehn Minuten vor der Sendung war Kalbs Schädel geföhnt, gepudert und geschminkt, die Schmerzen erwachten aus ihrem Eisschlaf.

Der Moderator trat in den Maskenraum der Gäste, die zu viert nebeneinander vor ihren Spiegeln saßen und über die Schminkkittel hinweg in ihre ratlose Gesichter schauten. Kalb sagte zur Begrüßung, das sei ja was, dass man nun hier mal zusammen sitze, ob es denn draußen immer noch regne, nun sei der Sommer wohl endgültig vorbei, aber sicher sei, dass er wieder komme.

Meine Gäste sind morsch, dachte Kalb, sie sind Holzfiguren, die übermalt wurden und jetzt gleich aufs Karussel gesteckt werden.

Nun ergriff geschwind der junge Dichter das Wort, in dem er den am anderen Ende des Raumes sitzenden Schauspieler ansprach und diesem erzählte, er habe ihn neulich in einer »miserablen Folge« einer Fernsehserie gesehen. Ob sich der Schauspieler eigentlich erklären könne, wieso »sehr gewöhnliche« Fernsehserien heutzutage ausgeleuchtet seien wie Operationssäle. Die Bilder hätten keine Tiefe mehr, alles sehe künstlich und dumm aus: »Wobei dies noch die ehrlichste Ausleuchtung ist für eine Fernsehserie, in der auch die Dialoge und die Visagen der Schauspieler künstlich und dumm sind.«

Der Schauspieler lachte forsch. »Junger Mann, aus Ihrem Mund das Wort ›heutzutage‹ zu hören, das erheitert mich schon sehr, aber na gut, immerhin benutzen Sie wenigstens beim Reden Attribute.«

»Adjektive, Herr Schauspieler. Mir ist übrigens alles egal. Woanders sind die Menschen vor Krieg und Elend auf der Flucht.«

»Großartig«, sagte der Schauspieler.

Vor der Maskentür stritt Bug mit dem Zeitungsfotografen Malte Kapussnik, der sich Zugang erschlichen hatte. Kapussnik kaute auf einer gefrorenen Erdbeere herum, wie es seine Art war. Er trug diese Erdbeeren stets in einem Plastikbeutel herum, den er aus der heimischen Tiefkühltruhe immer wieder mit neuem Proviant auflud.

Der Fotograf war eine jener wenigen Gestalten, die Kalb, der die meisten Menschen nicht weiter erheblich und eher indifferent fand, grenzwertig vorkamen. Kapussnik erinnerte ihn an einen Lehrer aus seiner Jugend, das war ein krötenartiges Wesen mit nur wenigen schwarzen Haaren gewesen, die wie mit Erdöl über den verunglückten Kopf gekämmt waren. Jener Lehrer sah aus wie er sprach wie er ging wie er atmete wie er drohte, so beim Mittagsdienst, wenn seine Hände die Nachspeise der Zöglinge fortrissen und er durch den Saal rief: »Wenn du dein Fleisch nicht isst, bekommst du auch keinen Pudding, wenn du dein Fleisch nicht isst!«

»Bug, Mensch, komm, ich will sie jetzt mal draufkriegen, dann nur noch nach der Sendung im Studio«, sagte Kapussnik.

»Verschwinde!«

»Das ist alles der Hammer, wie man hier inzwischen behandelt wird, Bug. Eines Tages wird Kalb mich brauchen, dann schaut ihr alle aber so was von blöde aus eurer, nun ja, Scheißwäsche.«

Die Frau des ehemaligen Ministers sagte derweil in der Maske zu dem alten Mann, der seine Puderprozedur fassungslos verfolgte und sich weitere Eskapaden der Maskenbildnerin hastig verbat, sie habe in der Zeitung von seinem Einsatz am Fluss erfahren. Was der Mann gemacht habe, sagte die Frau, sei »gelebte Bürgerkultur, mehr Menschen wie Sie, und die Welt draußen sähe anders aus«. Dass die Sendung einen wie ihn eingeladen habe, dass sollte einige mal nachdenklich machen, sagte die Frau, und dass Kalb sich sicher auch etwas dabei gedacht habe.

»Ja, Menschen wie Sie wollen wir eigentlich immer einladen«, sagte Kalb zu dem alten Mann, der ihm immer weniger sattelfest vorkam.

»Verantwortung, wir waren ja zu acht zu Hause, nicht zu vergessen der Krieg, ja«, entgegnete der Alte.

Die Frau des Ex-Ministers sagte: »Und Ihr Junge gehört ja quasi in Glaubenssachen exakt der Minderheit an, für die ich mich so einsetze!«

»War ja nicht mein Junge, war ja der Junge von den Leuten da unten vom Walzröhrenweg!«

»Ja, aber sicher, und in Glaubensfragen haben diese Menschen unseren Schutz ...«

»Aber was reden Sie denn da? Das wusste ich doch nicht, in welche Richtung der betet, wenn er nicht gerade im Fluss ersäuft, der dumme Junge, wusste ich doch nicht.«

Kalb, der sich über die Jahre immer wieder gewundert hatte, wie albern versöhnlich ursprünglich verfeindete Gäste in seinen Räumen und mitunter auch in seiner Sendung miteinander umgingen, stand am Rande einer verhedderten Versammlung. »Jedenfalls, Herr Kalb«, setzte die Frau wieder an, »möchte ich Sie auch im Namen meines Mannes, von dem ich Sie lieb grüßen soll, bitten, das Spendenkonto meines Vereins einzublenden, es geht ja um die gute Sache.« So hätten alle was davon, zumal es ja ihn, Kalb, nichts koste.

»Zu acht zu Hause, und dann der Krieg«, sagte der Alte.

Nun fing der Schauspieler an zu reden. Er sprach über seine Rolle als Baum, den er demnächst in einer ironischen Märchenverfilmung aus Übersee darstellen werde, und zwar gemeinsam mit »den Größen aus dem dortigen Betrieb, die aber, wie man ja weiß, am Set völlig normale Menschen sind. Die machen nur ihre Arbeit«, sagte der Schauspieler.

»Ich spiele also diesen Baum, diesen Baum in einem Wald, welcher insgesamt von sehr vielen Schauspielern dargestellt wird, darunter Größen aus dem Betrieb in Übersee, die aber sicher in diesem Wald nicht neben mir, sondern irgendwo vor mir stehen, weit vor mir. Da mache ich mir nichts vor. Wie sagte schon mein Vater, der gleichfalls ein Schauspieler war: Lieber ein kleines Licht an einer Weltbühne als die große Laterne am Dorftheater. Mein Vater«, schwafelte der Schauspieler weiter, »ist zwar zunächst eine große Laterne am Dorftheater geworden, dann allerdings leider auch geblieben. Und am Ende seines insgesamt traurigen Lebens war er dann ein kleines Licht, aber eben wieder nur am Dorftheater, immer noch nicht an einer Weltbühne. Von meinem Vater«, sagte der Schauspieler und lächelte sich verwaschen selbst an, »will ich lernen. Auch aus den Fehlern meines Vaters, die er mir kurz vor seinem Tode und albern kostümiert in der Dorftheatergarderobe gestanden hat.«

In diesem Moment traten zwei Damen aus Kalbs Firma in die Maske und drängten zum Aufbruch. Der Moderator und seine Gäste wurden eine Halbtreppe hinaufgeführt, man ging einen, wie Kalb stets dachte, unendlichen Gang entlang, an dessen Wänden Fotos mit Gästen der vergangenen Jahre angebracht waren. Der Dichter erkannte auf einigen Fotos sich selbst wieder, und auf einem der Bilder, welches ihn bei seinem letzten Besuch in Kalbs Sendung zeigte, sah er auch, dass er damals denselben Anzug getragen hatte. Der Dichter sagte »Scheiße«, und der Alte, dessen Puder jetzt schon vom Stirnschweiß hinabgespült wurde, fauchte den Dichter an, ob es jetzt mal sein Bewenden habe mit jenem »ungeheuerlichen Betragen«. Einen wie ihn hätte man früher »zur Senke gebracht. Saubengel!«.

Das Studio.

Rund um Kalbs weinrote Sessel saßen Menschen mit aufgekratzten Gesichtern und applaudierten, als der Moderator mit den Gästen eintraf.

Über die Jahre hatte es sich bei Kalb ergeben, dass seine vor und nach der Sendung abenteuerlichen Kopfschmerzen exakt während der neunzig Minuten der Sendung pausierten, diesmal aber blubberten sie weiter hinter den Augen herum. Das hängt ganz ursächlich entweder mit dem Moschusraumspray zusammen oder damit, dachte Kalb, dass meine Gäste heute Abend so aggressiv sind, zumindest der alte Mann und der junge Dichter, während die Frau des Ministers und der Schauspieler durch ihre apokalyptische Dummheit alles sogar noch viel schlimmer machen, warum hat mir meine Mannschaft einen solchen Abend eingebrockt?

Auch an den Tod musste er wieder denken, und dass auch Anton und Philip und die Zwillinge eines Tages würden sterben müssen. Nur an den Tod von Alma dachte Kalb nie. Wieso denke ich nie daran, dass auch Alma eines Tages sterben wird? Wieso sehe ich Alma an meinem und sogar am Grab meiner Kinder weinen und wieso niemanden am Grab von Alma?

»Kalb, alles in Ordnung?«, fragte Hambeck.

Kalb erschrak. Er schaute in die vier hell erleuchteten Gesichter, dann auf den Monitor vor seinem Sessel. Im

Monitor würde in genau vier Minuten der Vorspann ablaufen, den Kalb so hasste und in dem er so keck die junge Frau Hedwigsthaler anlächelte, die man ja nicht sah in jenem Vorspann, die Kalb aber damals gegenübergesessen und ihn böse angeschaut hatte.

Während auf dem Monitor jetzt noch ein lächelnder junger Mann in einem hellgrünen Hemd vor einer Wetterkarte stand, die nichts als Wolken und Regen zeigte, und während sich dieser hellgrüne Mann aufführte wie ein Missionar, zählte die rote Flüssigkristalluhr neben dem Monitor die Zeit herunter: noch drei und eine halbe Minute.

Kalb registrierte Unruhe hinter einer ihm gegenüber stehenden Kamera. Bug fuchtelte mit den Armen und sprach einen linkisch dastehenden Menschen an, dann waren es zwei linkische Menschen, auf die Bug einredete. Die Kast und Frohvogel.

Nun eilte auch Hambeck herbei, der gemeinsam mit Bug versuchte, Frohvogel und die Kast aus dem Studio zu schieben. Kalb sah, dass die Kast dastand wie einzementiert und dass sie rote Augen hatte, er sah, dass Frohvogels Nacken nässte.

Kalb dachte: Sie stellen mir nach. Sie wollen mich zerstören, das steht jetzt wohl mal fest.

Hambeck schob nun Bug nach links in eine weit entfernte Studioecke und die wie auf einem Rollbrett fortrollenden Figuren Kast und Frohvogel ins rechte Seitenaus, was Kalb zu der Hoffnung veranlasste, dass es damit nun gut sei fürs Erste.

Der alte Mann neben Kalb starrte böse an die Studiodecke: »Kostet alles Geld.«

Noch zwei Minuten und sechsunddreißig Sekunden bis zur Sendung, und im Monitor gab der Wettermensch die Moderation weiter an einen Moderator, der Hunger auf ein später aus einem finsteren Land übertragenes Fußballspiel machen sollte, da spürte Kalb mürben Atem an seiner rechten Wange.

Kalb wich zur Seite und sah sich Auge in Auge Frohvogel gegenüber, welcher in der Tat sehr schwitzte, seinen Mund zu einem hängenden Halbmond verzog, und heiser »Die Hedwigsthaler ...« zu flüstern begann, als Kalb an der linken Wange den blonden Pagenkopf der Kast kratzen spürte und in die kleinen roten Augen der Frau schaute und dann im Studio herum und ganz hinten den Schreckensblick Hambecks ausmachte, der jetzt bemerkte, dass die Kast und Frohvogel sich erst auf Geheiß von Kalbs Leuten dünne gemacht hatten, aber auch nur, um sich so kurz vor Sendebeginn von hinten an den Moderator heranzuschleichen. Kalb sah Hambeck sich in Bewegung setzen, an der Studiowand entlanghasten, er sah Bug weiter hinten über ein Kabel stolpern, er hörte Frohvogel an seiner Wange schwer atmen.

Kalb sah auf die Uhr am Monitor: Es waren jetzt noch zwei Minuten und achtzehn Sekunden bis zum Beginn der Sendung.

7

Die Frau Hedwigsthaler ist tot«, keuchte der Frohvogel. »Sie hat sich selbst ermordet.«

Frohvogels Hände krallten sich in Kalbs Ärmel. Kalb betrachtete diese Hände, wie niederschmetternd doch diese Hände da herumgriffen, traurige Hände, die nichts versprechen konnten. Diese Hände brühen einen bitteren Kaffee auf, dachte Kalb, sie umfassen alte, zerkaute Bleistifte, sie schmieren graue Wurstbrote und trocknen sich an verblichenen Handtüchern. Diese Hände sind schon durch eine Menge altes Papier gereist.

»Ah ja«, sagte Kalb tonlos. Er schaute auf die Uhr neben dem Monitor. »So, dann weiß ich ja Bescheid.«

»Dann weiß ich Bescheid«, fauchte Frohvogel, »dann weiß ich Bescheid.«

»Joseph«, zischte die Kast, »die Frau Hedwigsthaler ist tot. Man hat sie heute Mittag an einem Baum gefunden. Sie hat sich erhängt.«

Die Frau Hedwigsthaler. So eine große und leichte Person, dachte Kalb. Eine solche Person kann sich nicht erhängen. Eine so große Person wird immer mit den Füßen auf dem Boden stehen. Kein Ast ist hoch genug für die Frau Hedwigsthaler. Und das Gesicht einer so bösen und mich verachtenden Person wird immer ein böses und mich verachtendes Gesicht bleiben. Es ist ein lebendiges und kein totes Gesicht.

»Die Frau Hedwigsthaler ist nicht tot.«

»Doch, Joseph, die Frau Hedwigsthaler ist tot.«

Endlich war Hambeck eingetroffen. »Nanana«, sagte eine Dame aus dem Publikum. Kalb drehte sich nicht um, er hörte, dass Frohvogel sich mit »So nicht, Herr Hambeck!« zur Wehr zu setzen versuchte, dann aber lediglich gurgelnde Geräusche von sich gab und ohne Zweifel unter Inkaufnahme von belästigten und verärgerten, in Wahrheit aber erlebnishungrigen und deshalb glücklichen Gästen zum Studioausgang geschleift wurde.

Es blieben noch eine Minute und vierzig Sekunden.

»Bug, halt die Fresse, pack an«, hörte Kalb Hambeck brummen, und offenbar an die Kast gerichtet: »Du, Frau, auch hier weg, sonst gibt das einen Negeraufstand mit dem Sender, das hast du noch nicht erlebt.«

»Kast! Herr Hambeck, mein Name ist Kast, und all das wird ein Nachspiel haben, in der Tat, und dass wir uns je geduzt hätten, Herr Hambeck, ich könnte mich ja nun überhaupt nicht erinnern.«

Die Uhr zeigte an, dass noch wenig mehr als eine Minute bis zum Vorspann vergehen würden, als Kalb murmelte: »Aber doch sicher wegen einer anderen Sache. Die Frau Hedwigsthaler ist doch sicher wegen einer anderen Sache aus dem Leben geschieden.«

»Kalb, der Monitor!«, rief Hambeck.

»Sie hat ja keinen Brief hinterlassen, Joseph, dafür solltest du dankbar sein …«, keifte die Kast.

»Aber doch bestimmt wegen einer anderen Sache!«

Noch vierundfünfzig Sekunden.

Hambeck beugte sich an Kalbs Ohr. »Alles unter Kontrolle, wir werden jetzt eine gute Sendung machen, Kalb.«

Kalb wollte sich in Hambecks Atem legen wie in eine Höhle, er dachte: Ich werde mich in diesen Atem hineinlegen, ich werde mich in diese Höhle legen, und draußen werden Gefahr und Kälte sein, und ich werde die Menschen draußen hören, und diese Menschen werden umkommen, ich aber nicht.

»Mein Gott«, sagte Kalb. »Vater.«

»Was?«

»Bitte bleiben Sie solange angeschnallt sitzen, bis die Anschnallzeichen über Ihnen erloschen sind und die Maschine zum völligen Stillstand gekommen ist, ja genau.«

»Kalb?«

»Hambeck, irgendjemand muss mir an einer bestimmten Stelle der Brücke etwas vom Tod erzählt haben. Immer an derselben Stelle bei immer der gleichen Flussüberquerung Richtung Studio! Nur, Hambeck, ich weiß nicht wer, und ich weiß nicht warum mir wer auch immer etwas dort vom Tod erzählt hat! Und das finde ich sonderbar.«

»Ja, Kalb, das bereden wir doch zum Beispiel nachher, was meinst du? Wir reden nachher, wir machen mal eine Pause, zwei Wochen, die See, die Luft, die Stille und der Wind. Sollen sie alte Sendungen auseinander und die Höhepunkte zusammenschneiden, Kalb. Kalb?«

»Götterspeise«, sagte Kalb.

»Kalb?«

»Flip sagt immer Götterspeise, Hambeck. Das ist wie

eine wärmende Melodie, damit wir nicht erfrieren, Hambeck, verstehst du? Götterspeise!«

Noch vier Sekunden.

Der Dichter hatte den Kopf nach hinten über die Lehne gelegt und tat, als ob er schliefe. An der Seite Kalbs saß der alte Mann und schaute Kalb nicht zuversichtlich oder gelangweilt an, sondern immer noch wirr und mit weit aufgerissenen Augen an die Studiodecke. Dann fragte er: »Götterspeise?«

In diesem Moment setzte Musik ein.

Kalb hoffte, dass mit dem Rausschmiss der Kast und des Frohvogel seine Kopfschmerzen ihren Weg gegangen sein müssten.

Tatsächlich wirkte jener Schmerz mit einem Mal wie verpackt in Kopfkisten, die wiederum in andere Kopfkisten gepackt und in Kopfregale gestapelt waren. Solange die Schmerzen da drin waren, dachte Kalb, würde er erst mal weiterschauen können.

Kalb blickte in den Monitor, und er sah seinen Vorspann, und er sah sein albernes Gesicht, das die Frau Hedwigsthaler anschaute, die seit einigen Stunden ja offenbar gar nicht mehr lebte, wie Kalb dachte. Und trotzdem schaut die tote Frau Hedwigsthaler mich an. Und von jetzt an immer dienstags. Immer dienstags würde er in seinem Vorspann in das Gesicht der bösen und nun zu allem Überfluss auch noch toten Frau Hedwigsthaler blicken. Und jeden Dienstag würde die tote Frau Hedwigsthaler ihn anschauen, unsichtbar für die Menschen, aber nicht für Kalb. Sie würde ihn verachten, während er sie blöde anlächelte.

Wie dumm manchmal alles ist, dachte Kalb.

8

Guten Abend!« und »Da sind wir wieder« und »Ich bin Joseph Kalb«, sagte Kalb.

Während es aus seinem Mund im Folgenden sprach und die Worte, wie er dachte, einfach ohne sein Zutun in der richtigen Reihenfolge herausfielen, dachte er immer noch über seine sonderbaren Gedanken nach und machte sich gleichzeitig Gedanken darüber, warum er sich immer noch Gedanken über seine Gedanken machte.

Der Schauspieler sprach wieder von seiner Rolle als Baum, und dass in Übersee, wie der Schauspieler sagte, »die Naturerfahrung eine Renaissance« erlebe und ein Wertekanon im Gange sei. »Aber eben weil die Menschen dort das Gemüt von großen Kindern haben, sind sie auch in der Lage, Erfahrungen unverdorbener zu reflektieren als unsereiner, wo sich zwischen Erfahrung und Reflexion grundsätzlich eine ironische Ebene schiebt, die alles und jeden in den Orkus der Lächerlichkeit jagt. Darüber sollten wir vielleicht alle sozusagen auch mal nachdenken«, sagte der Schauspieler und machte eine Pause für den Applaus, aber es hatte ihn offenbar keiner verstanden, denn es blieb still im Studio.

Die Gattin des gestürzten Ministers machte einige Bemerkungen über den angeblichen Trend aus Übersee: »Alles, was aus Übersee kommt, trifft doch bald auch bei uns ein, pünktlich wie die Eisenbahn. Dass jetzt mal so was aus Übersee kommt, ist wohltuend, wobei ich insgesamt der Meinung bin, dass es sich bei dem Spüren von Wurzeln weniger um einen Trend handelt, als um einen neuen Gottglauben.« Das sei ja klar, und sie finde es interessant, was der Schauspieler da sage, der bei den Filmen, die er mache, sicher auch manchmal über einen tieferen Sinn seines Lebens nachdenke, wenn sie das mal so sagen dürfe.

»Wie meinen Sie das?«, fragte der Schauspieler. Aber bevor die Frau des Ex-Ministers die kleine Irritation wieder verwischen konnte, fuhr Kalb mit einer Hand durch die Luft und sagte »Ja, meine Lieben«.

Der Dichter sagte nun: »Das Problem an Sendungen wie diesen hier ist, dass in ihnen Sachen herumerzählt werden, die nicht einmal zur Satire taugen, weil auch die Zeiten, in denen sich über so einen Stumpfsinn lustig gemacht wurde, vorbei sind, beziehungsweise, jene Zeiten selber schon zur Satire freigegeben worden sind, und selbst jene Zeiten, in denen auch über die Satiren der Satiren Satiren gemacht worden sind, sind ja auch schon vorbei.«

Dann machte der Dichter eine Pause und sagte: »Alles ist eigentlich vorbei. So ist das.«

Es gab es ein paar Sekunden Schweigen. Dann klatschte ein Zuschauer im Studio, und Kalb hob wieder an: »Ja, meine Lieben!«

»Die größte Null bin ich natürlich selbst«, sagte der Dichter. »Die anderen sind im Vergleich zu mir sogar wertvoll.«

Heftiger Beifall. Kalb ließ sich mit einem Lächeln zurück in den Sessel fallen und tat, als ob er den Dichter unterbrechen wolle, wonach ihm aber nicht der Sinn stand. Der sagte nun, am besten gefalle ihm übrigens die Gattin des ehemaligen Ministers, weil sie wenigstens Gutes tue, das sei »was Reelles«, wie der junge Dichter sagte, während der Joseph Kalb diese alberne Sendung nun schon seit Jahren aus Zutaten zusammenrühre, die er »jede Woche aus den Schicksalsspalten der Zeitungen schnorrt«. »Zum Erbrechen« sei das, was Kalb als »Wiederkäuer von schon einmal in den Schicksalsspalten Erbrochenem« sicher selbst auch wisse.

Die »zweitgrößte Null« sei natürlich der Schauspieler, weil er seinen hanebüchenen Auftritt als Baum in einer so genannten Experimentalproduktion aus Übersee nicht einfach gnädig verschweige.

»Dabei«, sagte der Dichter zu dem bewegungslosen Schauspieler, »ist Ihnen vermutlich klar, dass diese ganze Filmproduktion, an der Sie da mitwirken, nichts anderes ist als ein Haufen Scheiße. Sie sind ein armes Schwein.«

»Ich würde Ihnen gerne helfen«, entgegnete der Schauspieler.

Diese Antwort hielt Kalb für besonders fantasielos. Wie dumm doch dieser Schauspieler ist, dachte er. Dann fragte er den Dichter, warum er denn in die Sendung gekommen sei, wenn ihn eh alles anöde?

Der Schauspieler, dessen Mund sich zu einem Quadrat verzogen hatte, zischte den jungen Dichter an: »Sie wollen geliebt werden. Sie brauchen Liebe und könnten sie auch bekommen, wenn Sie sich öffnen würden«, wie der Schauspieler sagte. »Wenn Sie loslassen würden.«

»O mein Gott«, sagte der Dichter.

»Ja ja, doch doch, mein Lieber.«

Kalb sprach nun den alten Mann an seiner Seite an. Er sagte, dass man den Herrn neben ihm im Gegensatz zu seinen anderen Gästen womöglich nicht kenne, weshalb man einen kleinen Film über diesen Mann gedreht habe, den man nun einmal zeigen werde.

Der Film zeigte den alten Mann, wie er mit seiner alten Frau zu Hause sitzt und eine Zeitung liest und durch den Garten läuft. Dann zeigte eine deutlich unruhigere Kamera den Fluss, aus dem der alte Mann den Jungen gezogen hatte. Dann sagte der alte Mann in dem Film etwas von »Menschenpflicht«, dann war der Film zu Ende. Das Studiopublikum spendete Beifall.

Kalb fragte: »Können Sie sich denn noch an die Einzelheiten erinnern? Was haben Sie denn empfunden, als Sie den Jungen da untergehen gesehen haben?«

»Ja, dass der da raus muss, der erfriert doch, war doch bitterkalt.«

»Ja, Mensch, und da sind Sie einfach rein ins Wasser.«

»Aber ja doch, wissen Sie doch, wär doch erfroren der Junge, war bitterkalt.«

»Nun ist es aber so«, sagte Kalb, »dass der Junge einer Minderheit in Glaubensfragen angehört, die ...«

»Wusst ich doch nicht!«

»... die es aber nun einmal schwer hat im Moment, wie Sie sicher wissen. Sind Sie denn jetzt schon bedroht worden?«

Der Schauspieler sagte: »Es muss ihm ja in diesem Land inzwischen Leid tun, dass er dem Jungen geholfen hat. Sicherlich wird er nun bedroht. Es wird ihm ja inzwischen Leid tun, so weit sind wir doch schon wieder. Aber umso stärker finde ich, selbst wenn er das vorher gar nicht gewusst haben will ...«

Der alte Mann machte Handkantenschläge in die Luft: »Das war der Junge da unten vom Walzröhrenweg, aber das habe ich doch erst gesehen, als er an Land stand, und der Bengel fror wie Espenlaub ...«

»Und was haben Sie dann getan?«, fragte Kalb.

»Ich habe den warm eingewickelt und ordentlich gerubbelt! Dann ab nach Hause zu seinen Eltern in Richtung Walzröhrenweg. Da hat der Junge von seinem fremdländischen Vater den Hintern versohlt bekommen. So sind bei denen die Sitten. Da darf man sich nicht einmischen. Einerseits Selbstbestimmung der Völker, andererseits immer einmischen, das geht so nicht.«

»Oho«, sagte der Dichter und grinste, »an den Ohren, oho!«

Man solle ihn mal in Ruhe lassen, sagte der alte Mann. »Der Junge hat dummes Zeug im Kopf gehabt, sonst wär er nicht so nahe an den Fluss ran. Wenn ich so was früher gemacht hätte, hätte mir mein Vater was hinter die Löffel gegeben. Das war ein anständiger Mann.« Der Alte atmete schwer.

Über die Jahre hatte Kalb sich für derartige Situationen Regeln erstellt, die ohne einen Gedanken an die tieferen Beweggründe für das Verhalten seiner Gäste angewendet wurden, sodass zwischen diesen Gästen eine Fortsetzung des Gespräches möglich war, selbst wenn es mal, wie an diesem Abend, zu leichteren Turbulenzen kam. Kalb suchte nach dem rhetorischen Autopiloten, fand aber den Schalter nicht.

Er suchte Hambecks Blick im Off. Auch auf dem Monitor sah sich Kalb Hambeck suchen. Das sah nicht gut aus. Schließlich stand Hambeck hinten vor der Regietür und gab mit den Händen das Wellenzeichen, welches Kalb signalisieren sollte, den nun ausgebrochenen Streit zwischen dem alten Mann, dem fröhlich flegelnden Dichter und dem sich nun auch einmischenden Schauspieler zu umschiffen.

Ob die Geschichte des alten Mannes nicht geradezu ein Filmstoff sei, fragte Kalb den Schauspieler.

»Ja sicher, denn seien wir ehrlich, hier hat ein einfacher Mann die Courage ...«

»Oho«, sagte der Dichter, »hier hat ein einfacher Mann die Courage bewiesen, einen Jungen aus dem Wasser zu ziehen, damit er ihn später an den Ohren bis nach Hause zu dessen gewalttätigen Eltern schleifen kann, die ihn nach Strich und Faden versohlen. Womöglich wäre es für den Jungen besser gewesen, er wäre im Fluss ersoffen.«

»Ungeheuerlich, Bürschchen!«, bellte der alte Mann in die Unruhe des Studios hinein, »ungeheuerlich! Was hinter die Ohren haben Sie nie bekommen, Bürschchen, Freundchen.«

Kalb ermahnte nun in leisen Worten den Dichter. Er möge mal den Schauspieler ausreden lassen, dann dürfe er doch wieder das Wort ergreifen, und er, Kalb, halte auch am Ende noch einmal das Buch des Dichters hoch, versprochen. Worauf er im Saal heiteren Applaus erhielt, und auch der Dichter klatschte froh Beifall.

»Man muss sehen«, sagte der Schauspieler, »dass es die Minderheit in Glaubensfragen, welcher der Junge angehört ...«

»Wusst ich doch nicht«, schrie der Alte, »wusst ich doch nicht, zu wem der Bengel betet, wusst ich doch nicht, so hören Sie doch auf, man wird hier in eine Ecke gestellt.«

»Aha, ja, das kann ich auflösen«, sagte der Schauspieler, »Sie verstehen mich da falsch, ich wollte Sie doch gerade *nicht* in diese Ecke stellen.«

»Sondern in eine andere Ecke, du Affe«, sagte der Dichter.

Jetzt sei es aber gut, so Kalb.

Im Studio standen nun einige Menschen von ihren Sitzen auf und schwangen die Fäuste, andere saßen da und lachten. Kalb wiederum ruderte lächelnd mit den Armen. Da habe man ja eine nette Truppe zusammen, zwinkerte der Moderator in die Kamera, er versuche es jetzt aber noch einmal. Worauf denn der Dichter eigentlich hinauswolle?

Stattdessen der Alte wieder: »Weiß ich doch nicht, zu wem der Bengel betet.«

Und der Schauspieler: »Ich frage mich natürlich schon auch, ohne hier jemandem etwas unterstellen zu wollen, warum sich jener ältere Herr hier so vehement gegen die Glaubensrichtung abgrenzt. Es ist doch keine Schande, dass der Junge, den Sie gerettet haben, dieser Glaubensrichtung angehört, oder?«

»'n paar hinter die Löffel braucht der Junge, muss doch nicht am Fluss spielen, mir doch egal, zu wem der betet.«

Nun setzte der Dichter zum Todesstoß an: »Ich kann für mich nicht restlos ausschließen, dass dieser Herr hier den Jungen selber in den Fluss gestoßen hat! Weil er die Glaubensrichtung hasst, der jener Junge angehört. Und dass dieser Herr hier womöglich gedacht hat, er sei bei jenem Stoß, den er dem Jungen gegeben hat, gesehen worden. Und dass er ihn deshalb wieder rausgezogen hat. Ich will nicht behaupten, dass es so war. Ich würde es sogar für sehr, sehr unwahrscheinlich halten und den Herrn gegen diese bösen und zu annähernd hundert Prozent sicherlich unwahren Anschuldigungen in Schutz nehmen.«

»Aber?«, fragte Kalb.

»Aber, wie gesagt, ich kann es für mich auch nicht ausschließen!«

Zufrieden ließ sich der Dichter zurückfallen, er schaute erwartungsfroh. Nun würde man mal sehen, was er angerichtet hatte.

Der Schauspieler schwieg und nickte vorsichtig, dann verzog er plötzlich angstvoll die wässrige Stirn und schaute in die Runde.

Die Frau des Ministers schrie kurz auf.

»Wie?«, fragte der Alte, »Mord?«

»Mordversuch«, sagte der Dichter und lächelte, »aber, wie gesagt: Ich würde es nie behaupten, lediglich auch nicht restlos ausschließen.«

Im Studio entstand Tumult. Bug, Hambeck und andere bewegten Menschen wieder zu ihren Sitzen zurück, der Alte hatte sich hastig entkabelt, er hatte dem Dichter noch eine mitgeben wollen, war dann aber mit der in der Luft erstarrten Faust verharrt, schließlich war er fluchend aus dem Saal gelaufen.

Kalb empfand Wärme. Er sah in die verstummte Runde und dachte, dass es nicht verwunderlich sei, dass keiner mehr rede, sondern alle nur noch schauten, da jeder nun seine Aufgabe erfüllt habe.

Man würde sehen, ob das Publikum von dieser Vorstellung etwas, wie es immer hieß, mit nach Hause nimmt oder nicht. Das Publikum solle sich über die Cafés und Restaurants und Wohnungen dieser Stadt verteilen und mal nachdenken und mal in sich gehen und, wenn nötig, mal drüber reden, ob das, was man da gerade gesehen und gehört habe, von schlechten Eltern sei oder nicht.

Die Flüssigkristalluhr zeigte an, dass die Sendung noch vierzehn Minuten dauerte.

Nun, dachte Kalb, möge der Vorhang fallen.

Er sah Hambeck hinter dem Vorhang. Er sah Bug. Er sah die Löffelholz, die selten in die Sendung kam, jetzt aber hinten stand. Dann sah er Alma, die aber nicht da war. Er sah Anton und Philip, die nicht da waren. Er sah die Zwillinge, die nicht da waren. Er hörte Flip »Götterspeise« sagen. Er hörte die Zwillinge in ihrem Bett weinen. Er sah Alma Möbel und Medikamente aus dem Fenster werfen. Er hörte Alma schreien. Er sah, wie sie ihre Locken vom

Mund pustete, er spürte ihr Gesicht an seinem Hals. Er hörte Anton fragen, an was er denke, er hörte sich antworten: »Dein Vater denkt gerade an den Tod.« Er sah seinen Vater Hagen Kalb mit der Violine. Er sah seine Mutter Hedwig Kalb, die auf ihn einredete, irgendetwas, das er nicht verstand. Er sah seine Kinderhände, groß wie Ballons, er sah seine schmalen Füße am Bettenende. Er hörte die Kröte rufen: »Wenn du dein Fleisch nicht isst, bekommst du keinen Pudding, wenn du dein Fleisch nicht isst.« Er sah seinen orthopädischen Stuhl. Er sah die Taube vor Würfel 7. Er sah sich nun in ihr orangefarbenes Auge springen. Er sprang in das orangefarbene Auge der sterbenden Taube. Er sah sich durch das Orange schwimmen. Er sah Tauben in eine U-Bahn fliegen. Er sah sich weiter durch das Orange schwimmen und dann Hambeck und Bug vor der 7 stehen, Hambeck an der Gitarre. Er sah, dass sie ein Lied sangen, Hambeck tief und Bug glockenhell, er hörte sie singen, er hörte: »Alles ist wie immer, nichts ist, wie es war / Am Ende aller Tage ist die Nacht sonnenklar.« Er sah die Löffelholz in einer Fabrik am Fließband stehen. Er sah sich weiter durch das Orange des Taubenauges schwimmen und sah dann die Kast beim Geschlechtsakt. Er sah Frohvogel eine Taube ausnehmen. Er sah die Frau Hedwigsthaler. Er schwamm und schwamm und sah endlich die Frau Hedwigsthaler an einem Baum hängen. Er sah sich die hängende Frau Hedwigsthaler im Wald anlächeln. Er hörte sich »wegen einer anderen Sache« sagen. Er sah sich auf den Parkplatz fahren. Er sah sich mit dem Gesicht im Eiswasser. Er sah sich weiter durch das Orange schwimmen und sah sich dann mit Sand gefüllt. Er sah sich aus Fleisch und Blut. Er sah, wie die Hülle des anderen Kalb platzte und aus den Armen Sand floss in dünnen Bächen. Er sah den Kalb aus Fleisch und Blut versuchen, die Löcher des anderen Kalb zuzuhalten.

Er sah, wie der Fotograf Kapussnik ihn dabei fotografierte, er hörte sich »Danke« sagen. Er sah sich aus dem Orange kommen, den Kopf schütteln, die Haare nach hinten streichen, die orangefarbene Brühe auswringen.

Er dachte: Jemine.

Er sah, dass er nicht schlief. Er sah, dass der Dichter und der Schauspieler sich einander zugebeugt hatten. Er hörte den Dichter sagen: »Ja, sicher, dann schau ich mir den Film vielleicht doch auch an, ich glaube, dass die ironische Ebene in einer Geschichte, in der die Größen aus dem Betrieb in Übersee Bäume darstellen, eingebaut ist. Ich weiß nicht, ob ich Recht habe, also werde ich es mir ansehen.«

Er hörte, wie der Schauspieler den Dichter anlächelte und sagte: »Wir reden mal.« Er hörte, wie die Gattin des ehemaligen Ministers sagte: »Schön.« Er sah, dass der Monitor nur noch seine Gäste zeigte.

Er sah, wie Bug und Hambeck unter der Frontalkamera knieten, Bug fuchtelnd, er dachte, der arme Bug, was er sich wieder aufregt. Er sah Hambeck, ihn anschauend, ruhig, weil Hambeck immer ruhig schaute, Hambeck, dachte Kalb, würde ruhig schauen, wenn die Sonne auf die Erde fiele. Er sah sich dann im Monitor den Mund aufmachen. Dann sah er sich den Mund weiter und weiter aufmachen.

Er schmeckte Eisen im Rachen, das Eisen eines kühlen Wassers, das Eisen einer sehr klaren Grenze, hier ist Schluss, dachte Kalb. Er dachte, dass Worte abprallten, die er sich zurechtgelegt hatte. Dass die Worte nicht mehr aus dem Mund fielen. Sondern wieder zurück in den Kopf.

Immer noch sah er sich im Monitor den Mund aufmachen. Er hörte die Menschen im Studio murmeln. Er hörte, wie der Dichter sagte: »Kalb? Huhu!«

Er sah, wie Bug die Hände vors Gesicht schlug. Er sah, wie Hambeck auf den Boden schaute und dann irgendwohin Zeichen machte. Er spürte Hände seinen Kopf umfassen. Er sah aber im Monitor diese Hände nicht. Er legte sich in diese Hände. Er lächelte. Er wollte etwas sagen. Er presste gegen Schloss und Riegel. Er sah sich pressen. Er sah sich trotzdem lächeln.

Er sah Hambeck zusammensinken. Er sah Bug weinen. Er wollte Hambeck fragen, wessen Hände ihn da umfassten.

Er sah sich pressen.

Er hörte das rasende Knipsen von Kapussniks Kamera.

Dann sagte Joseph Kalb: »Mmmmh.«

Und dann sagte er nichts mehr.

Die Uhr zeigte noch elf Minuten und sieben Sekunden Restsendezeit.

II. Hambeck

9

Hambeck war davon überzeugt, dass Kalb schon einige Tage zuvor bei ihrer wortarmen Unterredung am Fluss alles gewusst hatte.

Alma war im Flusshaus gewesen mit den Zwillingen, Hambeck war mit Kalb und Anton und Flip über die Wiese gelaufen. Alma war der Wind zu bunt geworden, ständig war den Zwillingen der Flusssand in die Augen geweht. Die Jungen hingegen hatten draußen bleiben wollen, sie liefen zwischen den Bäumen am Ufer umher, und einmal stürzte Flip von dem Fragment einer Schlossmauer, die über die Jahrhunderte eingesunken war im Boden, eine nur noch kindshohe Ruine, die aber an einem Teilstück den mächtigen Fluss vom Gras trennte.

Kalb wurde zornig, Flip möge sowieso nicht auf die Mauer steigen, die Mauer sehe vorn harmlos aus, dahinter lauere umgehend der schlimme und breite Fluss, wie oft er das noch sagen müsse. Flip hatte geweint, über den Sturz wie über seinen aufgebrachten Vater, und es war Anton gewesen, der seinen kleinen Bruder getröstet hatte und ihn noch einmal kurz anhob, um ihm hinter der Mauer den Fluss zu zeigen und zu sagen: »Ich will nicht, Flip, dass du da ertrinkst.«

Kalb hatte der Familie das Flusshaus nach der Trennung von Alma gekauft, sie hatten vereinbart, sich dort zu treffen an den ungeraden Wochenenden, den Kindern zuliebe und nicht nur deswegen, sondern auch um dem, was all die Jahre gewesen war, noch Leben zu gönnen. »Wenigstens in Intervallen«, hatte Kalb gesagt, und Alma hatte »Ja« gesagt, und »Klar«.

So trafen sie sich, wenn möglich, und an den anderen Wochenenden hatte Kalb wenigstens die beiden Jungen bei sich.

Anton und Flip vertrieben die Stille aus der Wohnung, sie führten ulkige Gespräche mit den Handwerkern, die oft kommen mussten, da Kalb nicht in der Lage war, einen Nagel in die Wand zu schlagen, geschweige denn, eine Bodenwelle unter dem Parkett zu begradigen, sie peinigten die Nachbarn mit animalischen Lärmattacken, sie verstopften die Toiletten mit Konservendosen und erhitzten die Zahnpasta im Backofen.

Aber sie wärmten dem Vater das Herz, wenn er sie hinter den großen Gläsern seiner Sonnenbrille dabei beobachtete, wie sie am »Tag des sicheren Bürgers« auf der Hüpfburg der städtischen Polizei herumtollten, so lange halt, bis einige Eltern Kalb erkannt hatten, und auch die Beamten sich Autogramme geben ließen und Kalb die weinenden Kinder von der Hüpfburg holte und mit ihnen weiterzog.

Kalb war Hambeck all die Jahre und bis zu den Turbulenzen mit Alma kaum berührbar erschienen, er dachte, dass Kalb ein Schelm gewesen war, als sie sich kennen gelernt hatten, dass er eine Meisterschaft darin entwickelt hatte, die Menschen auf Abstand zu halten, sie niemals zu kränken, aber ihre steten Anstrengungen durch ein paar knappe Gesten und Sätze so zu kommentieren, dass er eher ungestört weiter seines Weges gehen konnte.

Hambeck dachte, dass Kalb einmal ein müheloser Mensch gewesen war.

»Einer wie Kalb«, hatte Hambeck mal zu Bug gesagt, »schwitzt kaum, der kämpft im Stillen, wenn überhaupt, und wenn er irgendwo landet, zum Beispiel als Gastgeber unserer Sendung, dann weiß am Ende keiner mehr, wie er da hingekommen ist. Einen wie Kalb weht der Wind in solche Sendungen, und wenn der Wind denkt, dass Kalb sich gut macht, dann hört er auf zu wehen. Kannst du mir glauben.«

Bug hatte gesagt: »Du redest ja auch nur noch Scheiße, Hambeck.«

Hambeck erinnerte sich an Feste, die er mit Kalb besucht hatte, und auf denen Kalb zufrieden am Rande gestanden war. Normalerweise, dachte Hambeck, unternehmen die Leute auf diesen Festen die absurdesten Anstrengungen, um nicht allein herumzustehen, sie reißen atemberaubende Witze an Buffets und ernten mörderische Blicke von studentischen Hilfskräften, die an diesen Buffets vollgehustete Hummerschwänze verteilen. Sie klinken sich in fragwürdige Dialoge ein, sie betrinken sich, um jenem Elend womöglich noch Glanz zu verleihen, und doch sind sie in den Augen der anderen hoffnungslos verloren, kaum ansprechbar, da die anderen auf diesen Versammlungen vor nichts mehr Angst haben als davor, selber von den Einsamkeitsviren dieser halbtoten Elefanten befallen zu werden.

Kalb hingegen, dachte Hambeck, stand stets eine Weile am Rande herum und wirkte doch dabei, als falle ein Licht auf ihn. Er lächelte meist vergnügt, es konnte vorkommen, dass er wohin nickte. Dann aber konnte man sicher sein, dass Kalb, wenn sich der soeben Begrüßte auf den Weg durch die Menschen und hin zu Kalb machte, schon seines Weges gegangen war. Die letzte Party, die sie gemeinsam besucht hatten, war eine Vernissage gewesen, und Hambeck erinnerte sich jetzt, dass Kalb einige Hände gedrückt, ein Glas Rotwein vom Tablett genommen hatte. Dann war er ungefähr eine halbe Stunde vor einem Bild stehen geblieben und hatte jedes Gesprächsangebot mehr oder weniger höflich abgelehnt. Dann war er zu Hambeck gegangen und hatte gesagt: »Das Bild ist absoluter Mist.« Gemeinsam waren sie dann gegangen und hatten sich aber noch in einer nahe gelegenen Gaststätte ein wenig amüsiert.

Der Kalb am Fluss aber, dachte Hambeck, war am Ende einer Reise angelangt, die ihm nicht bekommen war. Seine Schwerelosigkeit war Lebensmühe gewichen, er litt nun schon lange und mehr und mehr unter Kopfschmerzattacken, und Menschen, die er früher aus dem Raum gelächelt hätte, setzten ihm zu wie Insekten einem wunden Tier.

Am Fluss hatten Kalb und Hambeck kaum miteinander gesprochen, einmal sagte Kalb etwas, das Hambeck immerhin derart gestreift haben musste, dass es ihm jetzt wieder einfiel: »Ich finde zu kaum noch etwas Worte, Hambeck, und gelegentlich beruhigt es mich, wie ich zu nichts mehr Worte finde. Dann wieder beunruhigt es mich über die Maßen.«

»Kalb, die Leute reden eh sehr viel, mir fällt auch kaum mehr was ein.« Dann fragte Hambeck, ob Kalb aufhören wolle, ob es genug sei.

»Das ist nicht das Problem, Hambeck.«

Es gab dann noch ein kleines Gespräch über einen politischen Vorgang im Lande, bevor man erneut stumm nebeneinanderher ging. Einmal verfing sich bei Kalb etwas Kleines, vom Wind aufgeweht, im Auge. Sie blieben stehen und Hambeck holte es vorsichtig wieder heraus.

Als Flip von der Mauer stürzte, erregte sich Kalb in einem fort über die Schlossruine und darüber, dass diese Mauer noch einem der Kinder den Tod bringen werde, wenn er nichts unternehme, dass es nicht angehe, dass die Kinder weiter auf dieser Mauer herumkletterten, hinter der sofort nichts mehr sei als der Fluss. Dass er definitiv etwas unternehmen werde. Und dass es nicht mehr viel zu tun gebe für ihn, »außer zum Beispiel solche Sachen, Hambeck, verstehst du? Sonst ist eigentlich alles getan.«

Daran musste Hambeck in seinem Regieraum denken, nachdem er vergeblich versucht hatte, die Sendung zu retten, und Kalb aber nur noch schwieg und die ersten Gäste sich erhoben und umherschauten, ob von irgendwoher ein Befehl ertönte, ob sie aufstehen oder sitzen bleiben sollten. Oder was auch immer.

Diese Gäste sind ziemlich bescheuert, dachte Hambeck.

10

Geh auf die 4, geh auf die 3«, hatte Hambeck in der Regie zunächst gesagt und später nur noch geflüstert: »Auf die 1, er sagt jetzt was, er hat was im Hals, die sollen ihm was bringen, er sagt nichts, er sagt ja doch wieder nichts, auf die 3, lass den Dichter drauf, lass ihn reden, geh jetzt auf die 1, was hat er denn, ist der Junge mit der Pappe draußen?«

Der Junge mit der Pappe, die Kalb aus dem Off entgegengehalten wurde und auf die die Aufnahmeleitung »Kalb, sprich!« geschrieben hatte, brachte das Schild für mehrere Minuten unter der Kamera 1 in Stellung, jedoch schon nach Sekunden, wie er Hambeck später berichtete, hatte er den Eindruck, Kalb habe durch die Pappe hindurchgeschaut. Der Junge sagte: »Er hat auf die Pappe geschaut, aber recht entrückt.«

»Was soll das denn heißen?«, wollte Hambeck von dem Jungen wissen, und da der Junge sich nicht deutlich ausdrückte, sagte Hambeck der Dame von der Bildmischung: »Er schaut wie ein freundliches Vieh, das nicht versteht.«

»Bitte?«, fragte später der Intendant, der einen Knopf an seiner prallen Anzughose schloss, welcher nach einem Toilettengang, wie Hambeck vermutete, offen geblieben war, »ein freundliches Vieh?«

Hambeck schwieg. Die Wangen des Intendanten mahlten. Dann beugte sich der schwere Mann über seinen Papierkorb. Aber nein, dachte Hambeck, sollte sich der Intendant nun übergeben, wäre das eher übertrieben. Es fiel aber nur ein Klümpchen aus Kürbiskernschalen aus dem Mund des Gewaltigen, ein pflaumengroßer Brei, der sich in der Backentasche angesammelt hatte, nachdem die Schalen durch Kauen, vorsichtiges Knacken und Lutschen von den gerösteten Kernen gelöst worden waren. Die Landung des Breis im Papierkorb machte ein trauriges Geräusch.

»Ja, also Entschuldigung«, sagte der Mann, »meine Frau sagt, ich soll die Kerne vorher rausholen, aufknibbeln, nicht wahr, aber das Salz auf der Schale schmeckt so gut, egal.«

»Jaja«, sagte Hambeck.

»Nun ja, nicht wahr, wenn Sie mich fragen, Hambeck, so hat Kalb, den Sie dummerweise nicht weggeblendet und erlöst haben, ausgesehen wie einer jener treuen, aber stupiden Hunde, die den Kopf zur Seite neigen, wenn sie die Befehle ihrer Führer nicht verstehen, nicht wahr.«

Der Intendant legte zur Demonstration den dicken Kopf zur Seite und machte hinter der Brille große Augen. So schaute er dann ein wenig zu lange, sodass Hambeck, der über die Jahre schon viel über sich hatte ergehen lassen und manches Mal auch peinliche Auftritte von Intendanten, müde seufzte.

»Andererseits«, rief der Intendant und machte eine weitere, nicht weniger lächerliche Pause, »andererseits hatte Kalb in jenen Sekunden auch etwas Fischhaftes, finden Sie nicht? Er hat ja immerzu seinen Mund auf und zu gemacht.

Als schnappe er nach Luft. Das hat ihm leider auch etwas Irres verliehen. Umso bedauerlicher, Hambeck, dass Sie ihn nicht weggemacht haben! Haben doch genug Erfahrung. Versteh ich nicht. Jetzt stehen wir da, und die Presse ruft an, und was jetzt? Müssen sich mal in meine Lage versetzen, nicht wahr.«

Gottchen, dachte Hambeck, und sann darüber nach, dass das Büro des Intendanten immer noch nach dem Bohnerwachs der frühen Jahre roch. Dann verhedderte er sich in der Erinnerung an sein Einstiegsjahr als Regisseur. Vor oder nach der Schlägerei mit den Jungkonservativen vor der Stadthalle? Nachher, dachte Hambeck, und dass Kalb zu dieser Zeit gerade erst aufs Internat gekommen sein konnte. Jedenfalls war auch dieser Intendant noch nicht, wo er jetzt war, und wo er jetzt war, war er schon lange. Kinder, Kinder, dachte Hambeck. Die Stürme waren stets vorüber gegangen, hochgebrüllte Lappalien, die zügig verräumt wurden wie hundertmal am Tag in der Stadt ein kaputtes Auto vom polizeilichen Ordnungsdienst.

»Hambeck?«

»Jo.«

»So, also«, der Intendant bohrte einen Zeigefinger in die Luft, »außerdem hat Kalb mich während der langen Zeit, die Sie ihn über fünf Millionen Fernsehzuschauerinnen und Fernsehzuschauern zugemutet haben, an einen sterbenden Vogel erinnert!«

Hambeck schaute auf den Boden und sagte leise: »Vieh, Hund, Fisch, Vogel.«

»Jaja, nein, ein Vogel! Und sagen Sie: Der Mitarbeiterausschuss informierte mich heute morgen über eine junge Frau, die bis vor kurzem bei euch gearbeitet hat. Offenbar Selbstmord.«

Der Regisseur saß starr, zuckte dann mit den Schultern.

Die Frau sei schwierig gewesen. Der Vater tot, die Mutter Depressionen. Alles sehr traurig. Was denn der Mitarbeiterausschuss damit zu schaffen habe?

»Ihr habt sie nicht übernommen?«

»Die Frau hat nicht geredet, kein Wort, böse geschaut, die Gäste waren verunsichert, ich habe Ihnen doch mal von dem Teilchenbeschleuniger erzählt, der ihretwegen vollkommen wahnsinnig wurde. Wir haben schon patentere als diese Dame wieder gehen lassen müssen. Die Straßen sind nicht mit Gold gepflastert in diesen Zeiten.«

»Ja«, sagte der Intendant. Er sei ja auch nicht erst seit gestern dabei. So sei das Leben. »Rauf und runter, nicht wahr.« Nun schaute der Intendant lange aus dem Fenster und grübelte. Womöglich denkt er über das nach, was man so das Leben nennt, dachte Hambeck, wie ulkig er jetzt aussieht. »Widerlich«, sagte der Intendant.

Hambeck wollte gerade den Vorschlag machen, den Intendanten auf dem Laufenden zu halten, nun aber zu gehen und die Sache mit Kalb in Ordnung zu bringen. Auch erwarte er Kalb und Alma vom Internisten zurück.

»Vor allem hat mich Joseph Kalb tatsächlich an einen Vogel erinnert!«, rief erneut der Intendant.

Und zwar an einen sehr jungen Kauz, den er während eines Familienurlaubs im Süden gemeinsam mit seinen damals noch kleinen Töchtern gefunden habe. Ob Hambeck Kürbiskerne wolle? »Nein, danke ...«

»Offenbar war dieser sehr kleine Kauz, der ein feines, aber ganz ungemein ratloses Gesicht hatte, aus einem Nest in einem Vorsprung des alten Kirchengemäuers gefallen, das arme Tier. Ich habe mich des Kauzes dann angenommen, zumal ich meinen Mädchen nicht mehr sagen konnte, dass wir ihn zurücklassen müssen, nicht wahr. Wir haben ihn dann in eine Schachtel gelegt, und da natürlich in diesen Landstrichen kein Tierarzt aufzutreiben gewesen ist, außer von der Sorte, die mit beiden Armen gleichzeitig im Arsch einer Kuh herummacht, haben wir unser Bestes getan und Brot in Milch eingeweicht und ein Deckchen über das Käuzchen gelegt. Was das für eine Aufregung war! Die Mädchen haben ohne Unterlass ihre Unterlippen zerbissen und gebangt und gehofft, Hambeck, nicht wahr? Wunderbar.«

Seine Frau sei ihm damals mit dauernden Ratschlägen auf die Nerven gegangen. »Die Frauen, nicht wahr, sie finden keinen Punkt.«

»Schließlich, Hambeck, ist es dann also Abend geworden, der Kauz hat angefangen zu zittern, hat aber immer dieses feine und ratlose Gesicht gemacht, was auch klar ist, die können ja nicht mal so, mal so schauen, die Tiere, nicht wahr. Die Mädchen kriegte man jedenfalls nicht ins Bett, ohne dass man ihnen versicherte, dass der Kauz nach einer schweren Nacht doch noch überleben wird! Ich habe dem Kauz deshalb die Milchbrottunke in den mit einer Nagelschere gespreizten Schnabel eingeführt. Sodass der was auf die Rippen kriegt!«

Man habe bis in die späten Abendstunden getan, was man konnte, der ganze Urlaubstag und auch die anschließenden Urlaubstage seien aufgrund des Kauzes für die Katz gewesen.

»Ja, und zack, da war der Kauz tot!«

Das Tier habe zunächst im Verlaufe eines letzten Aufbäumens, das man auch von anderen Lebewesen kenne, die Flügel weit gespreizt, auf diese Art geradezu den Anschein einer Gymnastikübung hervorgerufen, was ihn und die Mädchen und seine vor Glück herumkreischende Frau in die hoffnungsvollste Stimmung versetzt habe. »Es wird, es wird, habe ich auch gedacht. Dann hat aber der dumme Kauz das Schnäbelchen noch einmal weit aufgetan und ist dann, bumms, nicht wahr, mit gespreizten Schwingen auf den Bauch gefallen. Das war's dann. Und doch: Auch als Leiche trug der Kauz dieses ratlose, auf jeden Fall aber gelassene Gesicht, Hambeck, verstehen Sie, das stimmt einen Menschen nachdenklich.«

»Ja«, sagte Hambeck.

Es entstand eine Pause, die der Intendant nutzte, um kurz aufzustoßen.

»Tja, so, gut.« Hambeck wollte zur Flucht ansetzen.

»Ja, Hambeck, aber, nicht wahr, die Mädchen sind nach dem Ableben des armen Tieres plötzlich außerordentlich gefasst gewesen. Sie haben sogar mit Freude und kindlichem Gestaltungswillen ein kleines Grab aus der trockenen Erde des Südens ausgehoben und das in ein Puppenkleid eingewickelte Tier auf eine durch und durch anrührende Art und Weise bestattet.« Seine Frau habe dagegen bis zum Ende der Ferien quasi unter Schock gestanden. »Phänomenal. Ich habe geweint, Hambeck, müssen Sie sich ausmalen, ich habe geweint wie seit den Tagen als meine Mutter starb nicht mehr, ich habe geweint, es hat mich geschüttelt, Hambeck, nicht wahr, ich habe so geweint.«

Kalb solle die Geschichte mit dem Kauz für sich behalten. »So etwas wird einem quasi immer falsch ausgelegt. Einmal hat meine Frau sogar geträumt, dass der Kauz, während die Familie oben im Ferienhaus schläft, aus seinem Grab aufsteigt und mit seinem Schnabel Tassen, Teller, Konfitüre und so weiter aus dem Kühlschrank holt.« Er machte eine Pause. »Und so schon mal den Frühstückstisch deckt. So Sachen träumt meine Frau, nicht wahr«, endete nun der Intendant, der sich eine Träne aus dem Augenwinkel strich. Alles sei manchmal so wahnsinnig komisch.

»Bringen Sie das mit Kalb in Ordnung, Hambeck, und zwar schnell. Sonst sehen wir uns zu diesem oder jenem gezwungen. Den Vertrag haben wir doch vor einem halben Jahr erst verlängert, nicht wahr. Und die Klausel mit der Schweigepflicht in diesem Vertrag, die nimmt Kalb ein bisschen wörtlich, Hambeck, finden Sie nicht?«

Der Intendant schaute noch ein, zwei Sekunden bitter. »Nicht wahr, Hambeck, lachen Sie ruhig auch mal, ich werde es Ihnen nicht verübeln.«

Während Hambeck aus der Tür ging, hörte er: »Wir verstehen uns, Hambeck, das habe ich immer an Ihnen geschätzt. Mensch!«

Allein im Flur und auf dem Weg zum Aufzug flüsterte Hambeck: »Leck mich am Arsch.«

11

In der öffentlichen Bewertung der Sendung war man sich einig, dass der nicht schöne, aber unspektakuläre Zusammenstoß zwischen dem Dichter und dem alten Mann als solcher nicht ausgereicht haben kann, den erprobten Moderator aus der Fassung zu bringen und ins Schweigen zu treiben. Jede der vielen Satiren auf eine Talkshow wäre mit »stärkerer Wolle« gestrickt worden, wie eines der vielen Blätter schrieb, es habe in der Studioluft eher Ratlosigkeit als Aufregung gelegen. Nichts anderes hätte Kalb nun tun müssen, als das Gespräch wieder an sich zu reißen und den Dichter, der mit dem Abgang des Alten seinen kleinen Skandal hatte und sich nun auch wieder einkriegte, noch »ein wenig leerlaufen« zu lassen.

Es war im Studio aber schnell klar geworden, dass Kalb nicht aus taktischen Gründen schwieg.

Das Gemurmel des Studiopublikums war aufgeregtem Geschnatter gewichen.

Hambeck hatte die Regie an die Böck abgegeben und war ins Studio geeilt, hier fing er zweimal Kalbs Blick ab:

Einmal, als jener ein vorletztes Mal versuchte zu sprechen, das zweite Mal, als er nach mehrmaligem Pressen nur noch »Mmmh« machte, den Kopf ein wenig schief legte, den Anflug eines Lächelns verriet und dann seinerseits in Hambecks Blick versank, als wolle er sich dort zur Ruhe legen.

Der Dichter hatte Kalbs letzten Pressversuch mit Begeisterung verfolgt und war noch ein letztes Mal zu einem großen Auftritt aufgelaufen.

»Mmmh?«, sagte der Dichter. »Nun, Herr Kalb, das ist doch nicht übel! Ich schätze, das hat sogar Tiefe. Wenn wir alle gegangen sein werden, und zwar nicht nur heute Abend, sondern prinzipiell, wenn unsere vielen Worte verdampft sind wie das Brühwasser eines stinkenden Flusses im, ja, Winternebel, dann, lieber Kalb, wird Ihr ›Mmmh‹ bleiben.«

Die Frau des ehemaligen Ministers sagte leise: »Herr Hambeck, er schnappt nach Luft. Er sieht schlecht aus. Ich denke, er hat einen Infarkt. So unternehmen Sie doch was!«

Von den Aufnahmeleitern nicht zu bändigende Besucher hingen über ihren Stühlen und rieben sich die Hände. Über Hambecks Kopfhörer rief die Böck aus dem Regieraum: »Was jetzt? Sagst du jetzt auch nichts mehr? Wir müssen runter, mach mal hin, wir müssen runter.«

Die Sendeleitung war am Hörer, als Hambeck in der Regie eintraf: »Hambeck, wie lange gedenkt ihr den Dreck noch aufzuführen? Was ist eigentlich Schlimmes passiert? Warum redet der nicht?« Der Intendant sei informiert, sagte die Stimme.

Natürlich ist der Intendant informiert, du Idiot, dachte Hambeck.

»Besteht, obwohl das von hier aus eher nicht danach aussieht, die Aussicht, dass einer eurer Gäste in würdiger Form die Gesprächsleitung übernehmen kann, Hambeck?

Und womöglich sogar darauf, das Ding noch rumzureißen? Oder was jetzt?«

»Wir machen Abspann und raus. Ihr macht Stadion.«

Ob Hambeck noch »alle Nadeln an der Tanne« habe, schrie die Sendeleitung. Die Kollegen in dem armen und technisch fragwürdig ausgerüsteten Land seien auf eine derart frühe Schaltung nicht vorbereitet. Angesichts von Kalbs Schweigen stehe auf dem trostlosen Fußballplatz erst seit einigen Sekunden ein Sportkommentator, der für seine Nervosität in solchen Sachen bekannt und sowieso ein Idiot sei.

»Tja«, sagte Hambeck.

»Tja? Hambeck, seid ihr irre, seid ihr alle irre da bei euch?«

»Abspann, ihr Lieben«, sagte Hambeck zur Sendeleitung – und auch zu den Kollegen in der eigenen Regie.

»Das hat ein Nachspiel«, bellte der Hörer.

»Wir haben uns was dabei gedacht«, flüsterte der Regisseur. Es war eh keiner mehr in der Leitung. Und was dabei gedacht haben wir uns auch nicht, dachte Hambeck.

Noch während des Abspanns sah man einige Studiogäste sich vor Kalb aufbauen wie vor einem Kunstgegenstand, man sah den Dichter und den Schauspieler feixen und wegwerfende Handbewegungen machen, sah dann zumindest auf Sendung nichts mehr. Hambeck nahm den Kopfhörer ab.

Er schaute auf die vielen Bildschirme in der Regie. Er sah auf einem Schirm den feixenden Dichter, dann nur noch die Schuhe des Dichters. Auf einem zweiten Schirm den leeren Stuhl der Frau des ehemaligen Ministers. Auf einem dritten Schirm das verschwommene Ohr eines Menschen aus dem Studiopublikum. Auf einem vierten Schirm den Schauspieler, der nun wieder ein nachdenkliches und ergriffenes Gesicht machte.

Und einen Idioten im Schneetreiben auf einem Fußballfeld stehen.

Er sah, dass das Mikrofon des Idioten zitterte.

Er hörte den Idioten sagen, dass man jetzt schon mal da sei. Und ob die Regie ihm sagen könne, wie es jetzt weitergehe. »Ja, wir haben uns jedenfalls heute schon einmal hier in dieser armen Stadt umgeschaut, und wenn die Menschen hier etwas haben, dann ist es der Fußball ...«

Hambeck drehte den Ton weg.

Er legte sein Gesicht in die Hände, schaute zwischen den Fingern in das Gesicht der Böck. Die lächelte still und gab Hambeck einen Kuss auf die Wange. Dann legten Hambeck und die Böck die Köpfe zusammen.

»Was hat er denn?«, hauchte die Chefredakteurin. »Es ist doch kaum was passiert. Wir werden mal einen Arzt rufen, hm?«

»Mmmh«, sagte Hambeck.

Hambeck ging, während die Studiogäste herausgeführt wurden, aus der Regie und in Richtung Kalb, an dessen Seite schon Bug stand und den Fotografen Malte Kapussnik nötigte, seine Kamera zu öffnen. »Kapussnik, gib einfach den Scheißfilm her, du Wichser. Wenn du hier künftig noch einmal ein einziges deiner unscharfen Dinger machen willst, gibst du mir jetzt sofort den Film!«

»Ja neee«, ob er denn je noch mal dazu komme, hier ein Bild zu machen, sagte der Fotograf, aufgekratzt durch die Dramatik des Moments. »Mein guter Wille ist mir noch nie bezahlt worden, nun ja, meine Bilder hingegen schon. Irgendwo ist mal Schluss mit lustig. Wer gibt mir denn die Garantie, dass hier überhaupt noch mal was abzuholen ist, angesichts der, nun ja, Kacke hier.« Kapussnik kaute auf einer gezuckerten Tiefkühl-Erdbeere herum, seine blödsinnig großen Zähne waren verfärbt. »Kapussnik, du

Arschloch, du siehst aus, als habe dir jemand in die Fresse geschossen«, sagte Bug. »*Hätte* dir in die Fresse geschossen, nicht *habe*, es muss *hätte* heißen«, sagte ein Studiogast. Bug zerrte an der Kamera, Kapussnik wehrte sich wie ein dickes Kleinkind und begann zu schreien: »War ja ein überraschend kurzer Abend, war ja weniger eine Gesprächsführung als vielmehr so etwas in der Art wie Der-Kapitän-verlässt-das-sinkende-Schiff, und zwar noch vor den Passagieren. Die Schlagzeile *Der Kapitän zuerst* kann ich ja schon mal durchgeben! Jetzt lass mir meine Kamera! Hilfe!«

Er riss sich von Bug los und eilte mit seinem Arbeitsgerät aus dem Studio.

Mit ihm schwand eine feuchtwarme Aromawolke, die Kalb vor Jahren schon als »Mitleidsfährte« bezeichnet hatte. »Aber Mitleid«, hatte Kalb angefügt, »rächt sich immer«.

Bug wollte sich an die Verfolgung machen, wurde jedoch von einem Studiogast gebremst, der sich als Allgemeinmediziner vostellte und seine Hilfe anbot. »Warum stehen Sie denn dann nur rum, statt einzugreifen«, keifte Bug, und, Kapussnik hinterher: »Du stinkst Kapussnik, du riechst wie ein Gnu!«

Der Studiogast verbat sich Bugs Ton: »Ich kann auch gehen. So, wie Ihr Herr und Meister dasitzt, sieht mir das nicht mal nach unterlassener Hilfeleistung aus.«

»Was soll das denn? Sehen Sie nicht, dass der Mann Hilfe braucht? Er hat oft unter Kopfschmerzen gelitten. Er hat auch sicher wieder schwere Medikamente genommen. Kann es denn damit etwas zu tun haben? So äußern Sie sich einmal!«

Hambeck legte eine Hand auf Kalbs Hinterkopf.

Der Allgemeinmediziner schaute Kalb in die Augen, fühlte den Puls.

»Diabetes?«

Kalb lächelte milde.

»Nein«, sagte Hambeck.

»Puls normal, nicht zu schnell, kräftig, eine Andeutung zu langsam sogar, was fast schon nicht unkomisch ist. Sagen Sie mal, Herr Kalb, haben Sie Schmerzen, linker Arm, Stiche in der Brustgegend, Übelkeit? Etwas in der Art? Immer noch Kopfschmerzen?«

Kalb schwieg und zog ein wenig die Brauen hoch.

Der Allgemeinmediziner lächelte und sagte: »Aha, und seit wann?«

Bug schrie: »Aber er hat doch nichts gesagt!«

»Genau«, sagte der Allgemeinmediziner und grinste. »Das Auffallendste ist für mich bisher vor allem seine Wortlosigkeit. Wie ich Ihrem Gebrüll entnehme, muss man aber kein Arzt sein, um das festzustellen, Herr, äh, wie war doch Ihr Name?«

»Was meinen Sie denn übrigens, wenn Sie ›nicht unkomisch‹ sagen? Können Sie sich auch klar ausdrücken? So langsam geht mir alles auf die Nerven«, rief Bug.

Der Allgemeinmediziner steckte Bug seine Visitenkarte zu. »Ihr Herr Kalb macht mir keinen hoffnungslosen Eindruck. Im Gegenteil, es geht ihm womöglich nicht mal schlecht. Möglich, dass er das hier nur aufführt, weil er Sie platzen sehen will. Sicher hat er dieses Ziel bald erreicht. Aber andererseits gibt es auch Durchblutungsprobleme, die man so auf Anhieb nicht sieht oder bemerkt.«

»Bitte?«

»Bringen Sie ihn in ein Krankenhaus, es ist meine Pflicht, mir das von Ihnen garantieren zu lassen. Herz und Hirn vielleicht. Ich bin kein Spezialist.« Er schaute zu Bug: »Sie sollten sich gleich mit ins Bett legen, Sie haben es womöglich nötiger. Jedenfalls: Sie bringen Herrn Kalb ins Krankenhaus?«

»Aber sicher«, sagte Hambeck.

»Nun gut, ich habe Zeugen, Sie haben meine Schnelldiagnose, Sie haben meine Karte.« Er schaute noch einmal zu Kalb, der den Allgemeinmediziner zutraulich anlächelte und dann seufzte.

»Fehlt nur noch, dass er sich auf den Rücken legt und mit dem Schwanz wedelt. Nicht unkomisch. Guten Abend.«

Hambeck führte Kalb aus dem Sendestudio in die Maske. Kalb war sicher auf den Beinen, man meinte sogar die Andeutung jenes federnden Schritts zu bemerken, den er einst in die Karriere mitgebracht und im Laufe der Jahre einer leicht gebeugten Haltung geopfert hatte.

Hambeck, nicht die Maskendame, schminkte Kalb ab, schälte den keinerlei Widerstand leistenden Moderator aus seinem Anzug und half ihm beim Anlegen seiner Kleidung und schließlich in den Mantel. Der Regisseur ging mit Kalb zu dessen Wagen, wunderte sich, warum dieser nicht auf dem für Kalb vorgesehenen Parkplatz stand. Er setzte Kalb hinter das Steuer, zog ihm den Wagenschlüssel aus der Manteltasche, steckte den Schlüssel ins Zündschloss. Er machte dann einen Bogen um die Rückseite des Wagens, öffnete die Beifahrertür, setzte sich neben Joseph Kalb ins Auto, und nach all dem, und nachdem Kalb seit inzwischen einer dreiviertel Stunde kein Wort gesagt hatte, sagte Hambeck, während ein verhaltener Regen das Autodach bespielte, in die Dunkelheit hinein:

»Kalb?«

Kalb wendete seinen Kopf zu Hambeck.

»Kalb, hat es mit der Frau Hedwigsthaler zu tun? Die Kast und der Frohvogel? Ist es das wert? Die Frau Hedwigsthaler war krank. Die Kast und der Frohvogel sind dumme Senderflöten. Sie sind, was sie sind, weil sie nichts anderes geworden sind. Immer unteres Zwischengeschoss, kurz vorm Heizungskeller. Deswegen wollen sie dich häckseln. Wir fahren jetzt. Ich werde bei dir übernachten. Morgen früh, bevor wir zum Doktor und dann in die Firma fahren, machen wir eine Strategie. Los, Junge, gib Gummi!«

Kalb ließ den Motor an.

Hey, dachte Hambeck. Er sagte: »Meine Damen und Herren, wir werden Sie jetzt mit den Sicherheitsvorkehrungen der Maschine vertraut machen. Im unwahrscheinlichen Fall eines ...« Er boxte Kalb in die Seite und griente, verharrte einige Sekunden in jener Pose, sah aber, dass Kalb nicht einmal hinsah, sah dann an Kalb vorbei und durch die verregnete Scheibe das verzerrte Gesicht Bugs.

»Scheiße«, sagte Hambeck.

Hambeck ließ die Scheibe an Kalbs Seite herunter. Sofort packte Bug Kalb am Kragen, er schüttelte den schweigenden Mann mehrmals mit dem Kopf unter das Autodach, ohne dass Hambeck Gelegenheit bekommen sollte, von der Beifahrerseite aus einzuschreiten.

»Das ist spektakulär, was du hier abziehst, Kalb! Das ist spektakulär! Und ihr zwei Ziegenficker unter einer Decke!«, schrie Bug. »So könnt ihr vielleicht mit der Löffelholz umspringen. Aber nicht mit mir, ihr Lieben, dafür habe ich mich nicht krumm gemacht all die Jahre. In welches Krankenhaus fahrt ihr? Ich fahre mit, ich will wissen, was los ist.«

»Ich fahre morgen früh mit ihm zum Arzt, zu Professor Grubenbecher«, sagte Hambeck, »er muss vermutlich nur mal ins Bett, verstehst du? Anderen Menschen schwellen bei Erschöpfung die Mandeln an, Kalb hält bei Erschöpfung die Fresse. Die hässliche Kast und der dumme Frohvogel haben ihn gekreuzigt, Bug, verstehst du? Das ist nur vorübergehend.«

»Eine vorübergehende Kreuzigung? Soll so das Finale aussehen, Kalb? So?« Bug ließ Kalb in den Sitz fallen. Kalb gab einen Seufzer von sich, der klang wie der Laut eines Kindes im Schlaf, wenn sich ein Gespenst aus einem Albtraum verabschiedet.

Bug schaute Kalb an, Kalb schaute Bug an, Hambeck schaute Bug an. Musikalisch klimperten weiter Regentropfen auf das Dach des Wagens, Motor und Klimaanlage machten Geräusche.

Bug begann zu weinen.

Liebe Scheiße, dachte Hambeck. »Ruhig, Bug, wir müssen uns jetzt mal sammeln. Geh in die Heia, mach, was der Doktor gesagt hat! Lass mich mit Kalb reden. Und du schläfst.«

Bug weinte weiter.

»Bug, hör auf zu heulen, du siehst furchtbar albern aus. Und stell dein Mobiltelefon aus. Wenn etwas wichtig ist in dieser Nacht, dann, dass wir alle unsere Mobiltelefone ausstellen und daheim die Telefone aus den Steckdosen ziehen. Ich habe es allen schon gesagt. Aus, aus, aus! Geh nicht an die Tür, Bug, keine Nachrichten, keine Mails, keine Anfragen, okay? Jeder, der Kalb verehren oder hassen gelernt hat, wird nun in Erscheinung treten. Wir brauchen jetzt ein wenig Zeit. Morgen werden wir klarer und deshalb weiter sehen.«

12

An diesem Abend und in dieser Nacht unternahm Hambeck keine wesentlichen Anstrengungen mehr.

Bis zum nächsten Tag solle sich die Situation jetzt erst einmal ordnen, »wie auch immer«, sagte Hambeck, der Kalb in seine Überlegungen einweihte, die dann, wie von Hambeck nicht mehr anders erwartet, von Kalb jeweils ausdruckslos oder wahlweise mit der mikroskopischen Andeutung eines Lächelns zur Kenntnis genommen wurden.

In Kalbs Wohnzimmer ignorierte Hambeck den blöde blinkenden Anrufbeantworter, er zog das Telefonkabel aus der Wand und fühlte noch mal den Puls des Freundes. Er kochte Tee auf, führte den Moderator zur Couch. Kalb nahm Platz, zog beide Augenbrauen hoch, lächelte Hambeck an, spreizte kurz beide Hände. Er trank Tee, schaute im übrigen zu Hambeck oder auch nicht, schob sich ein Kissen hinter den Rücken.

Kalb schaute.

»Dieser Kapussnik. Großartig. So ein Arsch, was Kalb? Bug hat ihm hinterhergerufen, er rieche wie ein Gnu.«

Kalb schloss die Augen.

»Kalb?«

Kalb schlief. So aufrecht, wie er sich zuvor positioniert hatte. Hambeck beugte sich vor und schaute in das schlafende Gesicht. »Kalb, ich weiß, du hörst mich nicht, oder zumindest denke ich, du hörst mich nicht, oder jedenfalls willst du, dass ich denke, dass du mich nicht hörst.«

Hambeck unternahm einen Versuch, ihn auf die Couch zu legen. Aber es war, als hätte Kalb während seiner Schweigerei an der Anfertigung eines inneren Eisengerüsts gearbeitet. Er war nicht zu biegen, jeder Knochen schien mit dem anderen nicht durch ein Gelenk, sondern durch eine Schweißnaht verbunden. Es war nicht daran zu denken, die Position des Moderators ohne die Anwendung gröbster Gewalt zu verändern.

Aha, dachte Hambeck, und nun? Er stand noch eine Weile im Zimmer herum. Draußen bremste brüsk ein Auto. Hambeck schaute aus dem Fenster und sah einen gelangweilten Hund in die Scheinwerfer schauen, dann bewegte sich das Tier weiter und unter einen parkenden Wagen. Unter der Fahrertür schaute nun der Hundeschwanz hervor.

Schließlich trug Hambeck das Teegeschirr in die Küche und spülte, lugte immer wieder mal um die Ecke.

Ich sollte, dachte er, Professor Grubenbecher doch lieber noch in dieser Nacht einweihen.

Es läutete an der Tür.

Hambeck eilte erneut zum Fenster, blinzelte in die Dunkelheit und wurde bei dieser Gelegenheit von einem Blitz abgeschossen.

Es läutete erneut, diesmal länger. Dann gab es eine Minute Stille, dann ein Klopfen an der Tür.

»Hambeck«, sagte die Stimme einer Frau. »Hambeck, mach auf, die Nachbarn haben mich ins Haus gelassen,

Kapussnik ist unten und mantscht auf seinen gefrorenen Erdbeeren herum, es sind noch zwei oder drei andere Knipser da. Mach bitte auf. Ich bin nicht hergefahren, um für das Personal da unten im Treppenhaus Akt zu stehen.«

Eine Frauenstimme wie dunkler Celloklang? »Personal« für Lächerlinge wie Kapussnik?

Das war Alma.

Hambeck ließ in der Küche Eiswürfel in zwei Gin Tonics klappern, spähte jedoch, bevor er mit den Gläsern um die Ecke ins Wohnzimmer bog, zunächst, ob die Luft dort rein war, oder ob sich Alma und Kalb in den Armen lagen und also in Ruhe gelassen werden mussten.

Aber Alma hatte auf einem Hocker gegenüber von Kalb Platz genommen. Sie trug noch immer ihren Mantel, aus den nassen Locken lief der Regen über ihre Wangen. Sie starrte kühl in das Gesicht des schlafenden Mannes, der gleichmäßig atmete.

»Ich wollte dich morgen anrufen, tut mir Leid«, sagte Hambeck, »dachte, du guckst die Sendung ja eh nie. Aber natürlich hat Bug dich angerufen. Guck dir den an. Das geht nun schon die ganze Zeit so. Wo sind die Kinder?«

»Petruschka«, sagte Alma.

»Petruschka?«

»Kindermädchen. Neu. Das alte Kindermädchen hat geklaut.« Sie spitzte dann ihren großen Mund, biss sich auf die Lippen.

»Ich weiß, was du denkst, Schätzchen«, sagte Hambeck.

»So?«, sagte Alma.

»Der junge Bug, das ganze Team, alle sind doch sehr sauer, Alma. Wenn er nicht morgen früh erwacht, uns drei schöne Sechs-Minuten-Eier kocht und dabei das Lied vom Tapferen Soldaten singt, dann haben wir ein Problem. Aber er macht auf mich komischerweise nicht den Eindruck, als ob er simul...«

»Er simuliert nicht.«

»Sicher?«

Alma erhob sich und setzte sich neben Kalb auf die Couch, immer noch regennass, sodass Hambeck sich anbot, ihr endlich aus dem Mantel zu helfen.

»Ich bin gleich wieder weg, lass, danke«, sagte Alma, die auf der Couch versuchte, Kalbs Gesicht in ihre Richtung zu drehen, was nicht gelang, sodass sie ihn nun von der Seite aus wenigen Zentimetern Abstand anschaute.

»Ich lass euch alleine«, brummte Hambeck.

»Krieg dich ein, Hambeck, ich muss so nah an ihn ran, ich habe meine Kontaktlinsen nicht drin.«

Einige Minuten lang bewegte sich keiner. Gleich dreier zwischen Kalbs Möbeln hingesetzter Figuren saßen Kalb, Alma und Hambeck da und sprachen nicht. Alma schloss plötzlich langsam die Augen, legte ihren Kopf in Kalbs Nacken, atmete tief.

»Ich bleibe doch hier«, sagte sie, stand auf und öffnete endlich die Schlaufe ihres Mantels. Hambeck sah, dass sie beim Verlassen ihrer Wohnung zwar Stiefel und Mantel angezogen hatte, aber im übrigen ausschließlich mit einem Nachthemd bedeckt war.

»Schätzchen, ich hol dir besser ...«

»Lass gut sein, Hambeck, wir sind hier unter uns. Solange Kapussnik nicht die Tür eintritt und sein Aroma hier verbreitet. Ich habe ihn schon gerochen, als ich zu Hause die Wohnung verlassen habe.«

Man hörte Flüstern aus dem Treppenhaus. Hambeck blickte durch den Türspion, und er sah nicht nur einen aufgeregten Malte Kapussnik, er sah auch drei weitere Männer und eine Frau.

»Mahlzeit«, sagte Hambeck.

»Wie?«

»Alma, der scheiß Trauermarsch hat sich in Bewegung gesetzt, sie stehen vor der Tür.«

»Ist Kapussnik auch dabei?«

»Natürlich, steht da, mampft seine Erdbeeren und ...«

»Und was?«

»Und bohrt in der Nase, Alma. Bug hätte ihm wirklich was in die Fresse hauen sollen.«

Die Frau fotografierte Kalbs Wohnungstür, einer der Männer filmte dieselbe Tür mit einer Fernsehkamera, die beiden anderen zankten nun mit Kapussnik, der angesichts des Auflaufs im Treppenhaus offensichtlich um seine eingebildeten Alleinfotografierrechte kämpfte.

Ständig langten Kapussniks Fleischpfoten vor den Objektiven der anderen herum, bis der Kameramann ihm, ohne die Augen vom Sucher zu nehmen, einen Tritt verpasste. Hambeck hörte Kapussnik fluchen. »Scheißkerl, blöder, nun ja, Wichser!« Dann eierte ein sehr großes Frauenauge vor die andere Seite des Türspions. Hambeck zuckte zur Seite. Es klopfte.

Hambeck ging ins Wohnzimmer, stöpselte das Telefon wieder ein und rief die Polizei an. Er wolle eine Ruhestörung melden, auch der Verdacht von Hausfriedensbruch dränge sich auf, denn Fremde seien im Treppenhaus. Sein Name sei Hambeck, die Wohnung gehöre einem Joseph Kalb. Man möge bitte die Menschen aus dem Treppenhaus entfernen. Hambeck schaute zu Alma. Die lächelte, zeigte auf die Tür, hielt sich die Nase zu und steckte dann einen Finger in den Hals. Dann griff sie nach einem winzigen Eau de Cologne in ihrem Mantel, schlich zur Tür und sprühte ein paar Mal unten durch die Ritze.

»Was war denn, nun ja, das? Es hat gezischt!«, hörte man Kapussnik sagen.

»Maul halten«, sagte eine andere Männerstimme.

Der Beamte versprach, einen Wagen zu schicken. Dann fragte er, ob Kalb in seiner nächsten Sendung wieder sprechen werde. Erneut klopfte es an der Tür. Wie es denn so gehe, fragte die Journalistin aus dem Treppenhaus. »Hallo? Hallo, Herr Kalb? Herr Kalb? Entschuldigen Sie bitte die Störung!« Die Journalistin machte eine kurze Pause und legte dann einen Ton tiefer wieder los: »Ey Hambeck! Komm ey, mach auf. Wir wollen doch nur mal kurz sehen, wie's ihm geht.«

»Fotze«, sagte Hambeck.

»Das habe ich gehört«, sagte die Journalistin.

Währenddessen hatte Alma mit einem zweiten Glas Gin Tonic auf der Couch neben Kalb Platz genommen.

Sie hatte die Stiefel ausgezogen, sie hatte ihre Füße in eine Decke eingewickelt, sie lächelte zu Hambeck herüber.

»Alma, du wirst mit jedem Tag schöner, wenigstens das ist Kalb ebenfalls nie entgangen.«

»Zeit seines Lebens«, sagte Alma. »Es ist komisch, Hambeck, aber obwohl ich meine Linsen nicht drin habe, wirkt sein Gesicht aus der Nähe und aus der Ferne exakt gleich.«

»Du meinst, er hat so eine Art, eine Art ...«

Alma stand auf und lief wieder in die Küche. Erneut hörte man das Zischen einer Tonic-Flasche, das Klackern von Eiswürfeln, das Glucksen der Gin-Flasche.

»Ein Tee täte dir gut, Schätzchen«, sagte Hambeck. »Bist doch ganz kalt. Was du eben gesagt hast, du meinst, er hat so eine Art ...«

Sie kam zurück und hauchte: »Aura. Er sieht nicht aus, sondern er wirkt, verstehst du? Ob scharf oder unscharf. Wenn du ihn dir aus der Ferne anschaust, erkennst du exakt seine Gesichtszüge. Dieses Wissen bestätigt sich dann bei der Betrachtung aus der Nähe. Das ist Aura, Hambeck. Der große Kalb. Hoffentlich schläft er wirklich und hört nicht, was ich sage. Wenn er mitkriegt, dass er Aura hat, rastet er völlig aus.«

Hambeck dachte noch mal an Professor Grubenbecher, der nicht nur einer der besten Internisten der Stadt, sondern auch einer der ständigen Berater Kalbs bei dessen vielfachen Fragen betreffend seiner Gesundheit und Lebensfähigkeit war.

»Wir sollten Grubenbecher anrufen, Alma.«

»Nein.«

Von einer Herzsache, einer Durchblutungsgeschichte, einer Gehirnstörung und einem damit einhergehenden Nervenleiden sprach Hambeck, von der Gefahr bleibender Schäden, wenn nicht sogar von einem Gehirnschlag, schließlich dürfe man gerade angesichts von Kalbs Steifheit inzwischen nichts mehr ausschließen. »Alma, ich will nicht schuld sein.«

»Lass ihn in Ruhe. Wenigstens bis morgen. Ich habe ihn noch nie so in sich ruhend gesehen. Endlich still ruht die See. Lass es uns noch ein wenig auskosten. Sollte er gerade sterben, Hambeck, so hat er kurz vor seinem Tod die schönste Zeit seines seltsamen Lebens gehabt.«

Eine Freundin habe gegen Ende der Sendung bei ihr angerufen, sagte Alma, die ihre immer noch kalten Füßen nun unter Hambecks Oberschenkel schob.

Sie habe daraufhin den Fernseher angemacht und gesehen und gehört wie dieser Dichter, der doch schon mehrfach bei Kalb gewesen sei, dagesessen und Mist geredet habe. Danach sei ihr nur diese Ruhe aufgefallen, das Gemurmel der Studiogäste, sonst nichts.

»Es war unspektakulär und bedrohlich, Hambeck. Es

war einfach nichts mehr los, gar nichts, und es war mit einem Mal sehr klar, dass es kaum etwas Wahnsinnigeres gibt als ein Fernsehstudio und zig Kameras und dann führt dort nicht ein einziger Mensch das Wort. Es war, als würden sich nicht nur die Kameraleute schämen, sondern die Kameras gleich mit. Ich meine, das Fernsehen ist langweilig, Hambeck, alles am und im Fernsehen ist langweilig, das wissen wir, aber das hier war versteinerte Zeit, verstehst du? Als hätte ein Vulkan die Langeweile, von der wir wissen, in Lava gegossen.«

Sie habe gesehen, wie Kalb seinen Mund auf und zu gemacht und dann nur noch geschwiegen habe. Anton sei ins Wohnzimmer gekommen und habe gesagt »Öh, der blöde Dichter«. Und Sekunden später: »Mama, warum sagt Papa nichts?«

»Dann hat Bug angerufen, ich glaube, er hat geweint, weiß nicht. Vollkommen atemlos. Er sagte, dass Kalb auch nach der Sendung nicht mehr gesprochen habe. Ob ich trotz meiner Kontaktlosigkeit zu Kalb wisse, was es da mit dem Vater meiner Kinder auf sich habe. Wirres Zeug hat er geredet, Hambeck, und dass alle jetzt in die Fresse bekämen. Oder so.«

»Mmh«, machte Hambeck.

»Anschließend hat Kapussnik bei mir angerufen, der Stinker.«

Falls sie mit Kalb noch Kontakt habe, solle sie ihm bitte ausrichten, dass er sich nicht noch einmal derartig abfertigen lasse. »Bug habe ihn mehr oder weniger aus dem Studio geprügelt, er wolle nicht stören, aber jetzt reiche es ihm langsam. Ob ich dafür Verständnis hätte. Und er sagt immer noch ›nun ja‹ nach jedem soundsovielten Satz, Hambeck. Als ich dranging, sagte er: Hier, nun ja, Kapussnik. Irre. Ich glaube, Kalb hat die letzten Jahre unseres Zusammenseins mehr Zeit mit ihm verbracht als mit mir.«

Immer noch im Mantel im Wohnungsflur stehend, habe sie dann noch einmal ans Telefon gehen müssen, weil die Löffelholz am Apparat gewesen sei. In einem »durchgedrehten Zustand«, wie Alma sagte, berichtete sie von der Kopfschmerzbehandlung. »Und dass Kalb eine Frau an seiner Seite braucht, die sich um ihn kümmert, und dass doch ich immer diese Frau gewesen sei, bei allen Turbulenzen, die eine Ehe mit vier Kindern mit sich bringt.«

Hambeck ging in die Küche und kehrte diesmal mit den Flaschen zurück, seufzte, setzte sich auf Almas Füße. »Alma, du wirst immer schöner.«

»Das hast du schon gesagt. Wir wollen Kalb nicht wecken.«

»Nein, hihi, das wollen wir nicht. Aber wir könnten ihn kitzeln.«

Eine Weile saßen sie stumm nebeneinander, dann erhob sich Hambeck und begann, mit Daumen und Zeigefingern an Kalbs Rippen herumzumachen. Da Kalb keine Reaktion zeigte, zog er erst das eine, dann das andere Augenlid des steifen Moderators nach oben, und da der immer noch keine Reaktionen zeigte, legte er sein Ohr unter Kalbs Nase, schaute dann endlich zu Alma und machte große Augen.

»Er atmet!«

»Eigentlich war er immer recht kitzelig, Hambeck. Glühwarme Frohsinnsstunden am Strand, noch ohne die Kinder. Kalb hat gelacht wie ein Vollirrer. Um Gnade gewinselt. Sehr süß. Danach hat er vor Aufregung Sodbrennen bekommen und ist ins Hotel und so dort vorhanden, hat er eine ganze Flasche Milch ausgetrunken. Vollkommen verkorkst, der Mensch. Wenn du bei dem die Lachmuskeln nur anguckst, macht sich die Magensäure schon auf die Socken!«

»Der Sack«, sagte Hambeck.

»Ja«, sagte Alma. »Der Sack.«

Die Stille in Kalbs Wohnung war zu greifen. Die Telefone waren tot, an der Tür war kein Lärm mehr zu hören, die Welt draußen stand über Plänen gebeugt und suchte Zugang zu finden zum Rätsel.

Irgendwann sagte Hambeck: »Alma, Schätzchen, lauter wird es hier nicht mehr heute Nacht.«

Sie goss in beide Gläser den Rest aus der Gin-Flasche, der Tonic war schon leer, aber ein bisschen Eiswasser aus den noch nicht gefrorenen Eiswürfelformen wurde nachgeschüttet. Hambeck holte den Whiskey. Dann fragte er: »Hat Kalb dir mal von der Frau Dings erzählt?«

»Wie?«

»Von der Frau Hedwigs... Hedwigsthaler?«

Alma richtete sich auf. Sie nahm einen Schluck Whiskey und lächelte Hambeck an. »Eine Frau Hedwigsthaler? Hambeck, das arme Kälbchen begehrte neben mir und seiner Krankenpflegerin Löffelholz noch eine andere Frau? Hedwigsthaler? Wie alt, Hambeck? Zwölf? Hat der dumme Bug sie warmgeritten? Oder ist er nicht einmal an die rangekommen? Oh, ihr Scheißker...«

»Niemand hat mit der Frau Hedwigsthaler etwas gehabt«, sagte Hambeck und kratzte sich am Kinn.

»Hambeck, ihr seid so doof.«

»Die Frau Hedwigsthaler war nicht das, was man eine klassische Schönheit nennt. Diese Frau hat als Volontärin im Sender gearbeitet. Kalb fühlte sich von ihr bedroht.«

»Erspar mir den Rest! Der Arme, Bedrohungen allerorten. Oh, dieser ganz, ganz Arme!« Alma wackelte mit den Füßen unter Hambecks Beinen. Dann sagte sie: »Keine klassische Schönheit. Mein Gott, Hambeck, ihr seid so unfassbar Scheiße, ihr seid alle so absolut und unfassbar Scheiße.«

»Die Frau wollte eine Festanstellung, die sie aber nicht bekommen hat. Und jetzt ist sie tot.«

»Wie bitte?«

»Hat sich das Leben genommen, angeblich heute.«
»Deswegen? Ich meine: Weil sie keine Festanst…«
»Keine Ahnung.«
Alma schaute lange zu Kalb herüber. Sie putzte sich eine Träne aus dem Auge. Die Müdigkeit.
»Ja, ach«, sagte sie.
»Wie?«
»Es ist alles so langweilig, Hambeck. Das Fernsehen. Der ganze Aufwand, und dann immer nur dies und jenes, und das war's dann wieder, weißt du? Es ist nicht gut, und es ist nicht böse. Es ist einfach so, dass es ist. Oder nicht, Hambeck? Hambeck?«
Hambeck war eingeschlafen.

Alma zog ihre Füße unter seinen Beinen hervor, um das langsam aus seiner Hand kippende Glas zu greifen und auf den Tisch zu stellen. Sie legte Hambeck auf das Sofa, zog seine Schuhe aus, strich ihm das graue Haar zurück. Sie löschte sämtliche Lichtquellen im Wohnzimmer und sah dann von der Tür zum Schlafzimmer noch einmal auf Joseph Kalb zurück, der wie ein Denkmal vor dem Gegenlicht einer Straßenlaterne thronte.

Dann ging sie durch das künstliche Mondlichtdunkel noch einmal zurück zu Kalb. Es war sehr still, irgendwo tickte eine Wohnzimmeruhr, weit weg bog eine Straßenbahn um die Ecke. Dann quietschte draußen ein Auto. Alma schaute vorsichtig hinter dem Vorhang hervor. »Gottchen«, sagte sie. Auf der Straße lag ein toter Hund. Alma beugte sich an Kalbs Ohr: »Kalb, ich werde Hambeck jetzt einen blasen!« Sie wartete, ob Kalb reagierte.

Hambeck öffnete seine müden Augen, er sagte: »Der Hund? Haben sie ihn geplättet?« Schloss sie wieder.

Alma fragte: »Hambeck, kannst du durch Mauern gucken?«

Sie beugte sich über Kalb, strich ihm durch das Haar und gab ihm einen Kuss.

Hambeck erwachte einige Stunden später auf der Couch, er wankte in Richtung Gästezimmer und Gästebett, das er erst mit den Händen in der Dunkelheit abtastete, ob Alma sich womöglich hierher statt in Kalbs Schlafzimmer zurückgezogen hatte. Die Bettwäsche duftete nicht nach Alma, sondern nach einem Weichspüler. Wie albern Weichspüler riechen, dachte Hambeck. Er legte sich nieder, schlief aber nicht mehr ein.

Und jetzt?, dachte Hambeck. Er dachte an eine Mail, die er Bug einige Tage zuvor geschickt hatte.

Bug hatte ihm, obwohl sie im Büro Tür an Tür saßen, seitenweise per Hausmail auf den Computerbildschirm geschickt, an was es alles mangele im Team, wie der eine hier über den anderen rede, wie dumm die Gästeauswahl laufe, dass es ein Wunder sei, dass die Quoten noch nicht abgestürzt seien, dass man aber für etwaige harte Zeiten nicht gewappnet sei, er hatte detaillierte Vorschläge gemacht, wie alles zu ändern sei, er hatte geraten, diese Vorschläge ernst zu nehmen, und so weiter.

Hambeck hatte ihm daraufhin mit einer Zeile geantwortet: »Bug, du hast Recht.«

Der junge Produzent war daraufhin in Hambecks Zimmer gestürmt und hatte den Regisseur beschimpft, wenn er seine Ruhe haben wolle, solle er doch Urlaub nehmen, er, Bug, werde jedenfalls weiter seine Vorschläge machen, zur Not eben in einer anderen Firma, falls er hier zur Last falle.

Jetzt, wach in Kalbs Wohnung liegend, sagte Hambeck in die Nacht hinein: »Bug.«

Dann erhob er sich und schlich ins Wohnzimmer, machte die Lampe an.

Kalb saß da, wie man ihn zurückgelassen hatte. Hambeck näherte sich und stieß den Mann an der Schulter an. »Eisen«, sagte Hambeck. »Ein Mann aus Eisen, ein weinender Produzent, eine Gattin, die sagt, das Fernsehen sei zu langweilig für den Aufwand, ein städtischer Hauptknipser, der wie ein Gnu riecht und sich im Treppenhaus von einem Fernsehfritzen in die Eier treten lässt.« Er setzte sich neben Kalb und strich über dessen Rücken. »Kalb, du hast neulich gesagt, dass dir die Worte fehlen. Wie soll ich mit dir drüber reden, wenn dir die Worte fehlen. Wobei, denk dir nix.«

Es war 5.38 Uhr. Er griff zur Fernbedienung.

Auf 28 Kanälen wurde er in etwas über einer halben Minute nicht fündig, auf Kanal 29 lief ein Bildungsprogramm, von dem Hambeck nicht mehr loskam.

Ein schlecht gekleideter und eher geschlechtsloser Mann sprach vor einer braunen Wand über arbeitsbedingte Virus- und Infektionskrankheiten. Offenbar eine Aufzeichnung, womöglich und vermutlich, dachte Hambeck, jahrzehntealt.

»In Fischereien und Aquarienhandlungen erkranken Mitarbeiter in seltenen Fällen an kutanen Mycobakteriosen, der vermutliche Erreger heißt Leptospira interrogans.« Der Mann zeigte auf ein wimmelndes Mikroskopbild, das eingeblendet wurde. »Die Leptospirose kann Ausmaße einer Epidemie annehmen. Erst kürzlich starben auf einer Insel in Fernost dreiundzwanzig Menschen an Leptospirose. Sie wird durch den Urin von Ratten, Mäusen und Nagetieren auf den Menschen übertragen. Die Bakterien dringen meist über die Schleimhäute ein und führen zu Infektionen von so lebenswichtigen Organen wie Niere und Leber.«

Hambeck strich weiter über den Rücken des Freundes und sagte: »Rattenurin mit den Schleimhäuten? Das ist ja ekelhaft.« Dann erhob er sich und ging in die Küche, um ein Glas Wasser aus dem Hahn zu zapfen. Als er zurückkam, war der Geschlechtslose bei den Tauben angelangt.

»Die Stadttaube ist ein Abkömmling der Haustaube, welche wiederum von der Felsentaube abstammt.«

»Alte Aufzeichnung«, sagte Hambeck, »lustig.«

Der Geschlechtslose lief nun vor mehreren mannsgroßen Taubenmodellen in seinem Studio herum und nahm dann in einem weit geschwungenen Polstermöbel Platz.

Hambeck flüsterte: »Ich wiederhole, die Stadttaube ist ein Abkömmling der Haustaube, welche wiederum von der Felsentaube abstammt.«

Kalb holte plötzlich tief Luft.

»Kalb?«

Und atmete wieder aus.

Der Geschlechtslose fuhr fort: »Durch die günstigen Bedingungen in der Stadt, wie den Wohlstandsmüll, das milde Klima und die nach Ansicht der Taube unnatürlich langen Tage, hervorgerufen durch die Straßen- und Reklamebeleuchtung, kommt es zu einer großen Vermehrung der Stadttauben. Gerade durch das überreichliche Nahrungsangebot sieht sich die Stadttaube auch im Winter veranlasst, zu brüten und sich über die Maßen zu vermehren. Die hierdurch entstehende Populationsdichte führt zu Stresssituationen für das Einzeltier – schließlich zu Depressionen.«

»Oho, Kalb! Depressive Tauben!«

Kalb rührte sich nicht, holte aber erneut vernehmbar Luft. Der Fernsehmensch kündigte einen kleinen Beitrag an. Offenbar versuchte jener Beitrag, den schulmeisterlichen Ernst der Sendung ein wenig aufzulockern. Man sah eine Taube auf einem Schulbrot herumhacken, dann sagte eine Stimme aus dem Off: »Guten Appetit, lautet die Devise für die vielen Tauben in unseren Städten, aber wer zuletzt lacht, lacht ...«

Hambeck machte den Fernseher aus.

»Die haben und hatten sie auch nicht mehr alle.«

Alma erschien im Wohnzimmer, rieb sich die Augen: »Was ist hier los?«

»Alma, stell dir vor, es gibt depressive Tauben! Und sie haben sogar Ansichten. Nach einer ihrer Ansichten ist es zum Beispiel vierundzwanzig Stunden lang Tag, wegen dem Licht, wegen des Lichts, weißt du, die ganze Straßenbeleuchtung. Und warm ist es in den Städten nach Ansicht einer Taube auch im Winter. Alles ist nach ihrer Ansicht eins, morgens, abends, nachts, Sommer, Winter, ist ihnen alles einerlei. Drum ficken sie, was das Zeug hält, Alma, die Scheißtauben.«

»Hambeck, ich will schlafen.«

Hambeck legte eine Decke über Kalbs Schultern. Dann sagte er »Gute Nacht, lautet die Devise« – und verschwand erneut im Gästebett.

Am Frühstückstisch stellte Hambeck gerade sein Mobiltelefon an, als Alma ein spitzer Schrei entfuhr und Tee aus ihrer Tasse schwappte. Eine Gestalt war an der Küchentür vorüber gegangen, und erst als sich die Badezimmertür geöffnet und wieder geschlossen hatte, war beiden klar geworden, dass Joseph Kalb aus seinem Schlaf erwacht sein musste und immerhin nun erst einmal nahe liegende Dinge erledigte.

»Vielleicht sollten wir uns möglichst normal verhalten und normale Geräusche machen«, sagte Alma. »Er dreht sonst unter Umständen durch.«

»Ja«, sagte daraufhin Hambeck laut, »tut gut, so eine Tasse Tee.«

Beide vertieften sich in ein heiteres und sinnloses Gespräch, zunächst über die politischen Lappalien der vergangenen Wochen, dann über eine vergewaltigte und tot geschlagene Rentnerin, von der sie aus der Zeitung erfahren hatten.

Es verging Zeit.

»Er kommt nicht«, flüsterte Alma.

»Er duscht«, sagte Hambeck. »Er duscht jetzt. Er ist wieder in Ordnung. Menschen, die morgens duschen, sind vollkommen in Ordnung. Eine Taube weiß nicht einmal, wann morgen und wann Abend ist, Alma. Wenn du einer Taube bei Sonne die Augen verbindest, denkt sie, es ist Geisterstunde. Sie fragt sich nicht einmal, warum vorher nicht die Sonne untergegangen ist.«

Alma lugte aus der Tür und um die Ecke und huschte dann wieder auf ihren Platz.

»Es gibt Menschen, Alma, die morgens schon ein Bad nehmen, Menschen, die ohne jede Ganzkörperwäsche aus dem Haus gehen und vor sich hinmiefen, und Menschen, die morgens duschen. Menschen, die morgens duschen, sind in Ordnung. Das Gegenteil eines solchen Menschen heißt wie?«

»Kapussnik!«

»Bingo! Zwölf Punkte! Sie dürfen jetzt Ihren Einsatz verdoppeln oder eine Risikofrage wählen, über das Ich-traumich-Feld gehen und Ihren Einsatz verzehnfachen. Wir, meine Damen und Herren, sehen uns wieder nach ein bisschen Werbung!«

Dann öffnete sich die Badezimmertür. Und vorbei ging, in einen Bademantel gehüllt und mit nassen, sorgsam zurückgekämmten Haaren, Joseph Kalb.

»Der Schlaf des Gerechten, was, Alter?«, rief Hambeck ein wenig burschikos.

Es geschah einige Sekunden gar nichts.

Kalb kehrte um, verharrte kurz im Eingang zur Küche und kam hinein. Er lächelte Alma an, sah ein wenig herum, lächelte Hambeck an.

»Kalb, falls du jetzt denken solltest, weil Alma und ich hier so sitzen, das war folgendermaßen, wir haben uns Sorgen gemacht, ich habe dich hergefahren, dann ist Alma gekommen, dann bin ich wieder nach Hause, musste ja auch mal schlafen und heute morgen …«

»Halt die Klappe, Hambeck«, sagte Alma.

»Ja, gut.«

Kalb nahm am Tisch Platz. Er schaute auf die Teekanne, nahm den Deckel ab, blickte hinein, nahm einen tiefen Atemzug, schloss den Deckel wieder, goss eine Tasse voll. Nun gut, er hat sie nicht mehr alle, dachte Hambeck.

»Kalb?«, sagte Alma.

13

Der Intendant hatte das Wiedergabeband des Anrufbeantworters dreimal vollgeredet, einmal war er auch auf Hambecks Mobilfunk-Mailbox vertreten, hier schon in bedrohlicherem Ton. »Wenn Sie, Hambeck, jetzt auch noch auf Tauchstation gehen, nicht wahr, dann werden wir uns grundsätzlich ...«

Hambeck hatte noch bei Kalb kalt geduscht, er hatte Alma mit einem Kuss und Kalb mit einer langen Umarmung verabschiedet und saß eine halbe Stunde später im Büro des Intendanten.

»Ist wohl doch eher eine nervliche Geschichte. Alma ist mit ihm unterwegs zum Internisten, zu Grubenbecher. Womöglich müssen wir später einen Neurologen konsultieren. Aber schauen wir mal. Tun, was wir können.«

»Aah, äh, Grubenbecher, jaja, hat der noch seine Beinprothese?«

Hambeck war ein wenig ratlos und sagte: »Denke schon, so eine Prothese kann man ja nicht einfach ...«

»Genau«, fuhr der Intendant dazwischen, »und ist er noch mit dieser Alma zusammen, waren sie nicht getrennt?«

»Grubenbecher?«

»Nein, Kalb! Hambeck, über wen reden wir denn hier?«

Die lustigen Boulevardzeitungen hatten für den sehr späten Andruck ihre Titelseiten geändert und sich, wie Hambeck im Stillen honorierte, viel Mühe gegeben. Der Hergang des Abends und der anschließenden Nacht in Kalbs Wohnung war nach Interpretation jener Blätter und den entsprechenden Schlagzeilen turbulent gewesen.

»Kalb k.o.?« – »Eklat bei Kalb« – »Kalb am Ende«, solchermaßen ließen die sich aus.

»Der Kapitän zuerst!«, kommentierte eine Zeitung auf der Meinungsseite, über einem Kommentar zu einem Detail der allgemeinen Weltlage, und dass ein Präsident in einem weit entfernten Land sich jetzt entscheiden müsse.

In einem weiteren Blatt wurden die Leser gebeten, anhand von zwei Telefonnummern mit Ja oder mit Nein über die Frage abzustimmen: »Ist ein schweigender TV-Moderator sein Geld noch wert?« Dieses Blatt enthielt auch Malte Kapussniks Bilder aus der Hochphase der Aufregung im Studio: Bug schreiend, Hambeck Kalb stützend, der Dichter seine Faxen machend. An der Bildseite stand: »Foto Kapussnik / Das Auge Gottes«.

Man sah Bilder von Hambecks ratlosem Gesicht hinter Kalbs Wohnzimmerscheibe, man sah Bilder von Alma auf dem Weg zu Kalbs Haustür, man sah Bilder von Kalbs Haustür, man sah Bilder Hambecks, der aus Kalbs Wohnung kam und in ein Taxi stieg, man sah Bilder von Alma und einem lächelnden Kalb auf dem Weg zu Kalbs Wagen. Über den Bildern sah man jeweils die Uhrzeit.

Etwas ratlos waren Blätter und Sender bezüglich der Frage, ob und wenn, was es zu bedeuten hatte, dass der Regisseur und die ehemalige Gattin des schweigenden Kalb die Nacht zusammen in einer Wohnung verbracht, ja sich sogar verbarrikadiert hatten. Sexuelle Konnotationen fand man bei Durchsicht der Blätter angedeutet, jedoch nicht ausgeführt.

Entrüstet wurde darauf verwiesen, dass recherchierende Reporter vor dem Mehrparteienhaus Kalbs durch die herbeigerufene Polizei abgeführt worden seien. Dabei heiße der Bürgersteig Bürgersteig, weil sich dort die Bürger bewegen dürften und, so sie nicht randalierten, keine Maßnahmen der Ordnungsmacht zu gegenwärtigen hätten. Offenbar sei man aber wieder mal so weit.

Schon bei seiner Ankunft auf dem Studiogelände und nach seinem ersten Besuch beim Intendanten hatte sich für Hambeck das erwartet verheerende Bild ergeben.

Im Erdgeschoss des Würfels 7 mühte sich der Pförtner nicht mit dem Studium seiner Fliegenfischerzeitung, sondern mit Absperrseilen herum, die er sich in der Musiksendungsproduktion ausgeliehen hatte. Er hatte dieses Seil vor die Eingangstür des Würfels gespannt, davor stampfte eine größere Gruppe von Kameramenschen herum, synchron ihre Köpfe schwenkende Rüsseltiere, die in einer Art Synchronballett den vorbeieilenden Regisseur einfingen.

Es wurden Stimmen laut wie »Gut geschlafen, Hambeck?«. Er möge doch bitte Rede und Antwort stehen, sonst könne nicht mehr ausgeschlossen werden, dass »Bei Kalb« künftig auch keiner mehr Rede und Antwort stehe.

»Hihi«, machte einer.

»Pscht« ein anderer.

In der Ansammlung, aber mehr zahnend als fotografierend, denn seine Aufgabe war fürs Erste erfüllt, stand Malte Kapussnik und putzte mit dem Anorak seine Brille. Hambeck ging auf den Fotografen zu und legte ihm eine Hand auf die Schulter. Kapussnik setzte sich die Brille auf und zog seinen großen und erdbeerroten Mund in die Breite, seine trüben Augen verrieten Furcht und Unterwerfung. Kapussnik trat ein wenig von einem Fuß auf den anderen. Dann würgte er ein wenig und sagte »Nun ja«.

Von den Umstehenden war kein Laut zu vernehmen, vielmehr mischten sich in der Kälte die Atemzüge der hier schon seit Stunden Frierenden mit den ewig weiterbimmelnden Mobilfunkanrufen. Dann hörte Hambeck einige finale Pieptöne, hier waren gleich einige Mobiltelefone in den Taschen der Gaffer vom Netz genommen worden.

Diese Stille ist wunderbar, dachte Hambeck, ich könnte noch Stunden mit diesen Arschgeigen hier herumstehen und die Stille genießen.

»Hambeck, schlage vor, wir führen ein Gespräch, mir könnt ihr keinen Vorwurf machen, ich mache meinen, nun ja, Job, Hambeck, und die ganz harten Bilder habe ich übrigens gar nicht ...«

Hambeck nahm die Hand von Kapussniks Schulter und sah in die Gesichter der Versammlung. Er dachte, dass in diesen Gesichtern die innere Vorfreude von Pennälern war, denn gleich würde das dickste und dümmste Kind der Klasse vom Oberstudienrat eins auf die Glocke bekommen. Mit anderen Worten: Diese Rüsseltiere waren geil. Ganz unerwartet stand nach Auffassung der hier Wartenden noch etwas aus. Und jenes Nebendrama, welches im besten Fall also durch einen Faustschlag des kräftigen Hambeck in das bedauernswerte Gesicht Kapussniks münden konnte, war eine willkommene Zugabe für die Angereisten, die bisher nicht mehr filmen durften als vorbeieilendes und schweigendes Personal aus Kalbs Firma.

Hambeck sagte: »Halt die Schnauze, Kapussnik.«

»Nun ja«, sagte noch einmal der Fotograf.

Dann ging Hambeck ins Büro.

Während die beiden Chefredakteurinnen Böck und Strohkamp ruhig in ihre Telefone sprachen und die Löffelholz mit Gleichmut und der Haltung einer Front-Krankenschwester die Mitarbeiter mit Getränken und Aufbaupräparaten versorgte, war es natürlich Bug, der einen Besorgnis erregenden Eindruck machte.

Zunächst begrüßte er Hambeck kühl und versicherte Standfestigkeit in Krisenzeiten. Er habe alles im Griff und schon mit diesem und jenem geredet. Die Show müsse weitergehen, wem sage er das.

Da auch die Mitarbeiterinnen und Mitarbeiter in Kalbs Firma Zeitung lasen, sah sich Hambeck dazu genötigt, zügig vor seine Leute zu treten und im Rahmen einer Aussprache zu erörtern, was vorgefallen sei und wie man nun mit der Chose umzugehen gedenke. Also hielt er eine rund fünfminütige Ansprache, die er mit der Aufforderung beendete, alle müssten jetzt »die Nerven bewahren«. Bug blieb danach als Einziger im Konferenzzimmer. Er stellte erst ein paar sachliche Fragen zum weiteren Ablauf, zeigte dann aber sehr schnell wieder Zeichen nervlicher Zerrüttung.

»Hambeck, erzähl doch keinen Scheiß, Alma und du, ihr habt doch gef…«

»Bug, Alma wollte sich in der Nacht um Kalb kümmern, und ich wollte das auch.«

Doch Bug hatte bereits begonnen, einen Bogen zu spannen, und wie alle Paranoiker, dachte Hambeck, lässt auch Bug Widerspruch an diesem Vorhaben erst dann zu, wenn jener Bogen gespannt ist, koste es auch alle Mühe. Also redete Bug in einem fort von Hambecks Nacht mit Alma, er streifte die Frage, wer mit wem unter einer Decke stecke, und zwar im wahrsten Sinne des Wortes, wie er sagte. Dass er zwar grundsätzlich und nicht zuletzt von der Löffelholz für pervers gehalten werde, sich aber womöglich in sexuellen Dingen noch gar nicht ausgelebt habe, wenn er sein

»normales« Sexualleben vergleiche mit den Eskapaden der Böck mit der Strohkamp, er höre da einiges.

»Und jetzt die Sache mit dir und Alma, Hambeck. Und Kalb guckt zu oder wie? Vermutlich unterschätze ich selbst die dumme Löffelholz. Ich werde den Eindruck nicht los, hier nur begrenzt ernst genommen zu werden! Ich bin hier der Idiot, keine Frage, aber weißt du, Hambeck, wenn Kalb mit seinen Schweigekapriolen jetzt weitermacht, dann gehe ich, ich kann mich vor Angeboten …«

»Kaum retten«, sagte Hambeck.

»Ich kann mich vor Angeboten kaum retten, in der Tat«, brüllte Bug.

Hambeck ging in sein Büro. Er goss Whiskey in den von der Löffelholz bereitgestellten Schwarztee, legte die Beine auf den Schreibtisch und griff zur Fernbedienung.

Auf immerhin drei Kanälen sah er Live-Schaltungen zum Würfel Nummer 7, in dem er sich gerade befand. Er sah den alten Pförtner aus dem Parterrepförtnerzimmer blinzeln, er sah immer wieder die kurze Einspielung, wie er kurz zuvor Kapussnik angeschaut hatte, und er war nicht unfroh über die Tatsache, dass man den kurzen Dialog zwischen ihm und dem Fotografen nicht verstehen konnte, da die Mikrofone der Umstehenden an jenen Wortwechsel nicht herangereicht hatten.

Im Anschluss an seine Begegnung mit Hambeck wurde Kapussnik jedoch von den Kollegen umzingelt, und Ausschnitte jener Befragung versendete nun ein Sender nach dem anderen. »Kapussnik – Starfotograf – Vertrauter Joseph Kalbs« informierte die Bauchbinde auf Hambecks Bildschirm.

»Ja, ich kenne Joseph Kalb und seine Leute jetzt schon sehr lange, das bringt der Beruf so mit sich. Glaube, er kommt, nun ja, wieder. Er ist im Zweifel der Beste, den wir haben, das sollten wir jetzt nicht vergessen. Hatte gerade mit Regisseur Hambeck ein gutes Gespräch. Wichtig ist, dass die Mannschaft um Kalb nun ruhig bleibt.«

Immer wieder teilten Reporterinnen und Reporter mit, man wisse weder, wann Hambeck wieder aus dem Büro komme, noch wisse man, wann Joseph Kalb von seinen Arztkonsultationen zurückerwartet werden könne. Grubenbecher selbst habe in Abstimmung mit Alma und Kalb für 18 Uhr eine Erklärung angekündigt. Die ganze Angelegenheit sei offenbar kompliziert. »Nicht alle, meine Damen und Herren, sind im Moment so zuversichtlich wie der Fotograf Malte Kapussnik.«

Außerdem wurden die ersten Stimmen eingespielt, zum Beispiel von Gästen der letzten Sendung. Der Schauspieler stand in seinem verregneten Garten vor einer Delphinskulptur aus Altglas, gemeinsam mit seiner Frau, die auch Schauspielerin war. Sie hielt ihn fest im Arm, als habe er ein Unglück nur knapp überlebt, und in der Tat überschlug sich nach der zweiten Frage der Moderatorin die Stimme des Schauspielers zu einem rostigen Bibbern, seine Augen füllten sich mit Tränen, er versuchte die Hoffnung zu vermitteln, dass Kalb gesund sei und nicht krank. »Ich habe kein Auge zugemacht, ich bin in größter Angst um diesen Menschen«, sagte der Schauspieler.

Der Dichter wurde nur kurz eingespielt, er lief applaudierend aus seinem Mietshaus, rief »Bravo!« in die bereitstehenden Kameras und war weg. Die Frau des ehemaligen Ministers war offenbar zu keiner Stellungnahme bereit, dafür aber jetzt schon eine erstaunlich große Gruppe von so genannten Medienexperten und Theaterregisseuren, die übereinstimmend den künstlerischen Wert der Vorstellung lobten. Ein paar ebenfalls befragte Neurologen erklärten kühl, zumindest in der Ferndiagnose lasse sich von Kalbs Anblick schwer auf eine Erkrankung des Gehirns schließen, aber, so einer von ihnen: »Eben dies ist das Faszinierende an der Neurologie, mehr wissen wir erst, wenn wir seine Gefäße und die Zufahrtswege zum Gehirn gesehen haben, wenn ich das mal so sagen darf.«

Zum Schluss wurde der alte Mann eingespielt, der das Kind aus dem Fluss gezogen und sich selbst nach der Beschimpfung des Dichters während Kalbs Sendung aus dem Licht der Öffentlichkeit davongemacht hatte. Er saß stark geschminkt und in einem grauen Anzug im Studio eines konkurrierenden Senders und wirkte aufgeräumt. Man hatte ihn in einem kleinen Film zunächst dabei gezeigt, wie er aus einer Limousine steigt und ins Studio geht, jovial den Moderator begrüßt, schließlich Platz nimmt und sogar noch einen von Musik überspielten Scherz ins Off spricht.

Der alte Mann war kaum wiederzuerkennen.

Dann hob das kurze Gespräch an, in dem er in unfallfreien Sätzen Auskunft darüber gab, was für eine Last es für ihn bei Kalb gewesen sei, mehr als unter den »lächerlichen Anschuldigungen« des Dichters habe »ein Laie wie ich« jedoch unter dem, wie er sagte, »ausübenden Personal« in Kalbs Sendung gelitten.

»Sie werden da abgefertigt wie eine Puppe«, sagte der alte Mann. »Man hat mich annähernd verdursten lassen, ich wäre fast dehydriert. Das war das Schlimmste! Dass Kalb ein unfassbar eitler, recht unangenehmer und schon vor der Sendung fast wortloser Mann gewesen ist, darauf hatten mich Kalbs Leute vorbereitet, die kennen ihn ja und mögen ihn auch nicht, und so war das auch für mich nicht neu. Aber dass ich nicht nur in, sondern auch schon vor der Sendung fallen gelassen werde wie die sprichwörtliche heiße Kartoffel, das hat mich doch sehr enttäuscht. Und wie gesagt: kein Wasser. Ungeheuerlich.«

Die Tür zu Hambecks Büro öffnete sich. Die Böck setzte sich in den Ohrensessel vor Hambecks Schreibtisch und lächelte, wie sie schon am Vorabend beim Finale der Katastrophe gelächelt hatte.

Durch die Wand hörte man Bug schreien: »Die Ficker! Die gottverdammten Ficker!«

»Läuft wie geschmiert«, sagte die Chefredakteurin.

»Hm?«, machte Hambeck.

»Die haben den alten Lurch geschmiert. Er hat den Quatsch von einer Pappe abgelesen, sein Blick, ständig neben die Kamera, der Anzug, der Kleister im Gesicht, diese Sätze. Die haben ihn geschmiert.«

»Ja«, sagte Hambeck.

»Diese Ficker! Spektakulär!«, drang es durch die Wand.

14

Professor Grubenbecher hatte auf Kalbs Anrufbeantworter die Nachricht hinterlassen, wenn er benötigt werde, so stehe er bereit, er bitte Kalb sogar mit einer gewissen Dringlichkeit, vorbeizuschauen: »Lieber Kalb, ich werde andere Termine verschieben und einen Zitronengrüntee aufbrühen, Sie verstehen. Machen Sie keine Späße! Ich erwarte Sie.«

Kalb saß auf dem Beifahrersitz. Mehrmals spitzte er den Mund. Seine Wangen bebten fröhlich. Es sah ein wenig aus, als lockere der Moderator die Muskulatur, um ein Lied zu pfeifen. Alma schaute immer mal wieder herüber, und einmal an einer Ampel wendete sie sich ihm ganz zu, fasste ihn am Kinn und zwang ihn, sie anzusehen. So saßen sie da, schauten sich an, Kalb ohne bebende Wangen, sondern nur noch schauend, ein Mundwinkel zuckte mal nach oben, das war's. Dann war die Ampel grün und sofort blökte hinten ein Lastwagen blöde los.

»Kalb, die Nummer mit Grubenbecher ziehe ich heute noch durch, ab morgen muss sich Hambeck um dich kümmern.«

Vor Grubenbechers Praxis hielt der Wagen auf dem Bürgersteig. »Ich meine nur, falls du vorhaben solltest, deinen Auftritt noch auszudehnen. Die Kinder haben ein Recht darauf, zu erfahren, wie es ihrem Vater geht. Danach ist meine Aufgabe erfüllt. Wenn du in Gegenwart deiner Kinder sprechen würdest, wäre das sehr nett. Die wissen nicht, was los ist und machen sich Sorgen.«

Kalb schaute zu Alma, er spitzte wieder den Mund.

»Ja sicher«, sagte Alma, »ich auch, aber bei mir hält es sich ernsthaft in Grenzen, Schätzchen.«

Eine Passantin blieb neben dem Wagen stehen und schaute hinein. Kalb schaute heraus. Die Passantin winkte und fing an zu reden, aber da Alma keine Anstalten machte, den Wagen zu verlassen, und Kalb sowieso nicht, war kein Wort zu verstehen. Alma ließ also doch die Scheibe runter und sagte: »Sie können ihn gerne mal für eine Woche geliehen haben.«

»Er ist sehend.«

»Nein, das ist er nicht, gnädige Frau, er ist nicht bei Trost, das ist ein Unterschied.«

Die Frau wischte mit den Händen durch die Luft, als verscheuche sie Dämonen. »Er hat Psi-Kräfte, er sieht mehr als wir. Er weiß, dass es dem Allmächtigen gefällt, die Ungläubigen …«

Alma nahm ein Geldstück und reichte es der Frau: »Da hinten steht eine Parkuhr, Süße, dem Allmächtigen würde es nun gefallen, dass du das Geldstück da hineinwirfst, in einer halben Stunde ist die Zeit abgelaufen, aber so lange gehört die Parkuhr nur dir! Sprich mit ihr, sag ihr, wo der Hase langläuft!«

»Böse, böse Frau, was soll das? Was ist das?«

»Bezahlfernsehen«, rief Alma, »seitenverkehrt: Du bezahlst und redest so lange Scheiße, bis die Uhr abgelaufen ist.«

In einem Wagen auf der gegenüberliegenden Straßenseite entdeckte Alma ein Kameraobjektiv. Sie fuhr vom Bürgersteig herunter und hinter das Haus von Grubenbecher. Beide gingen eine rückwärtige schmale Stiege hinauf und durch eine Art Notausgang in das Haupthaus.

Der kleine Glatzkopf Grubenbecher war ein Verfechter der Schulmedizin, hatte aber trotzdem in seinem finsteren Behandlungszimmer bis unter die Decke Papierpackungen und Blechdosen mit allen möglichen Sorten Tee gelagert. Grubenbechers Motto lautete: »Die Pille zum Heilen, der Tee zum Verweilen.«

Er war im Besitz von mehreren Flug- und Segelscheinen. Von seinen meist monatelangen Reisen brachte er nicht nur kuriose Teemischungen mit, sondern auch Knochen, Fossilien sowie sonderbare Telefone, Brotschneidemaschinen, Tintenfässer oder getrocknete, plattgewalzte, verschweißte und noch jahrelang zum Verzehr geeignete exotische Tiere, die bis auf Grubenbecher niemand verspeisen mochte. Bei Grubenbecher lagen sie jahrelang zwischen den Teebüchsen in den Regalen der Praxis. Gelegentlich lichteten sich die platt geschlagenen und verschweißten Plastiklappen und Grubenbecher schwärmte von einem Gericht, das er sich zubereitet und nach einem »nervlichen Anfall« seiner Frau auch allein aufgegessen hatte. Sein rechtes Bein hatte er bei einem Segeltörn verloren. Seinen erheblichen Wohlstand verdankte der Doktor fast ausschließlich Menschen wie Kalb, also den Prominenten und ihren meist eingebildeten Krankheiten.

Kalb hatte über die Jahre nicht nur Grubenbechers aufwändige Bemühungen seine Gebrechen betreffend schätzen gelernt, sondern auch die anschließenden und stets heiteren Teestunden im Besprechungszimmer des Professors, der Kalb meist einen kräftigen Grüntee mit Zitronenaroma zubereitete. Auf Kalbs wiederkehrenden Einwand, ob ein derart köstlicher, aber doch stark aromatisierter Tee nicht viel Chemie enthalte, hatte Grubenbecher stets geantwortet: »Mein Lieber, in allem ist Chemie enthalten. Die ganze Welt besteht ja quasi nur aus Chemie. Alles, alles ist Chemie!«

Grubenbecher lächelte in der Tür. Seine Assistentin, eine ältere Dame, die ihm seit einer Ewigkeit zur Hand ging, raschelte und brühte in der Küche herum. Der kleine Mann rief: »Grüner Tee mit Zitrone, wie gehabt. Aber die Belohnung gibt's bei Grubenbecher immer erst hinterher! Lieber Kalb, liebe Alma! Und? Pack draußen? Soll ich es erschießen lassen?«

Der Arzt führte Alma und Kalb in sein Behandlungszimmer, so saß man dann erst mal da: Grubenbecher hinter seinem Schreibtisch, auf dem eine geplättete und verschweißte Katze lag. Grubenbecher zeigte auf das entseelte Tier.

»Fernost, heute angekommen, schauen Sie, hier ist das Etikett, es sind sogar die Inhaltsstoffe angegeben: Die Katze ist mit einem sehr proteinhaltigen Sud imprägniert, alles außerdem sehr Vitamin-B-haltig. Ich weiß gar nicht, ob ich sie essen oder analysieren soll. Auch sie ist jedenfalls für die Ewigkeit verschweißt, so lang, wie sie nun da drin liegen darf, hätte sie im Traum nicht gelebt. Waren wir mal in Fernost, Kalb?«

Kalb schwieg und lächelte der Katze zu.

»Alma?«

»Kalb war nie in Fernost, ich zweimal.«

»Katzen auf der Straße gesehen?«

»Nein.«

Grubenbecher feixte und schlug mit beiden Fäusten auf die verschweißte Katze: »Natürlich nicht!«

Alma schaute müde, Kalb drehte sich nun im Sitzen um und starrte auf die Teeregale. Dann stand er auf, ging einige Meter an dem Regal entlang, griff ein Päckchen heraus und schaute auf die unleserliche und fremdländische Beschriftung.

»Der ist neu«, sagte Grubenbecher. »Seltsames Kraut, schmeckt aber gut. Hat mir ein Freund aus Dings mitgebracht, na, komm jetzt nicht drauf …«

»Wusste Kalb, dass die Packung neu ist?«, fragte Alma.

»Sagte ich das bereits, Kalb? Der Tee ist neu!«, leitete Grubenbecher weiter.

Kalb stellte den Tee wieder ins Regal. Er verschränkte die Arme, schaute noch einmal von oben nach unten und seufzte. Dann nahm er wieder Platz und schaute auf seine Knie.

Grubenbecher räusperte sich, dann sagte er: »Und? Reden wir denn wieder?«

Auch Alma schaute jetzt zu Kalb, der aber weiter seine Knie inspizierte und jetzt auch die Stirn ein wenig in Falten legte, als habe er auf diesen Knien etwas Sonderbares entdeckt, dann aber schaute er hoch, erst zu Alma, dann zu Grubenbecher. Es war nicht die Andeutung einer Regung in diesem Blick.

»Nein«, sagte Alma kühl, »wir reden nicht wieder. Wir spielen noch ein wenig Räuber und Gendarm. Wir sind wieder fünf Jahre alt und scheitern gerade beim Kinderpsychologen. Wir sind leider total bescheuert. Unten laufen Menschen herum, die sagen, er habe Psi-Kräfte.«

Der Arzt holte sein Stethoskop aus der Tasche und horchte. Seinen Atemanweisungen kam Kalb nach. Grubenbecher sagte: »Hm, fein. Also, mein Lieber, nun haben wir ein Programm vor uns, Gerede hin oder her. Hämodynamik gestört? Womöglich! Thrombenbildung, also Verklumpungen, könnte sein. Nun ja, muss nicht, könnte aber, wir werden sehen. Sollten sich Teile eines Thrombus gelöst und durch die Carotis in den Circulus Arteriosus Willisii gelangt sein ...«

»Wie?« fragte Alma.

»Eine Art Kreisverkehr, ein Arterienkranz«, sagte Grubenbecher. »Finden solche Klümpchen den Weg aus der Herzkammer in den Willisii, so hätten wir es mit einem thromboembolischen Schlaganfall zu tun. Glaube ich nicht, aber was nutzt mir der Glaube? Also muss ich, bis ich das Gegenteil nicht mehr nur glaube, sondern auch weiß, doch von einer Durchblutungsstörung ausgehen. Bei einer reinen Hirngeschichte würde ich an Professor Landsmann übergeben, Neurologie, eine Kapazität, alter Studienfreund, segelt über die Weltmeere wie eine gedopte Möwe.«

»Und sonst?«

Grubenbecher zog die Augenbrauen hoch.

»Eine Psychosache?«, sagte Alma.

Die Assistentin klopfte, trat ins Zimmer und fragte, ob sie den Tee servieren solle. Außerdem stünden zwei Menschen vom Fernsehen und einige Damen und Herren von der Presse vor der Praxis. »Ob Sie bereit wären für einen kurzen Kommentar, Herr Professor.«

»Richten Sie den Damen und Herren bitte aus, sie sollen sich ein wenig gedulden, ich gebe um achtzehn Uhr eine Erklärung mit Diagnose ab, hier in der Praxis.«

»Wie bitte?«, sagte Alma.

»Die warten und geben Ruhe«, sagte Grubenbecher. »Nachher müssen wir alle leider schnell weg. Ich zu einem Notfall, Sie beide machen sich aus dem Nachbarhaus davon, ich ruf einen Fahrer, der bringt Ihnen später auch Ihr Auto. Wo sind wir denn!« Grubenbecher machte eine kleine Pause. Er schaute aus dem Fenster. Auf der Straße standen Journalisten. Ein Hund pisste an einen Baum.

»Ein Hund hat unter gewissen Umständen mehr Würde als ein Mensch«, sagte Grubenbecher.

Die Assistentin stöhnte. »Und der Tee, Herr Professor?«

»Nein, nein. Echokardiographie, und so weiter, bitte vorbereiten, morgen Vierungzwanzig-Stunden-EKG, möglicherweise dann auch Koronarangiographie.«

Grubenbecher fand nichts. Landsmann fand auch nichts. Sie schoben Schläuche in Kalb, sie schoben Kalb in Schläuche. Sie schauten sich sein Herz an und sein Hirn und alle Zugänge. Es war alles frei und schön. »Tja«, sagte Grubenbecher nach drei Tagen.

Sie wendeten den Fall hin und her und schauten sich dann noch mal gemeinsam Kalbs Gehirn auf bunten Bildschirmen an, während Kalb mit einer radioaktiven und dann einer glukosehaltigen Flüssigkeit gespritzt in den Röhren lag und in seinen Kopf hineinfotografiert wurde wie mit Spionagesatelliten in ein Despotenschlafzimmer.

In einem weiteren Versuch setzten sie ihm einen Helm voller Dioden auf den Kopf und redeten von möglichen Gewebeschwellungen und Zysten und Tumoren und Atrophien, Gehirnschrumpfungen, die sie auch fanden. Aber dann, am Ende von nicht enden wollenden weiteren Untersuchungen, fanden sie die Atrophien völlig normal.

»Der Patient ist über vierzig, da ist so eine Atrophie kein Beinbruch«, sagte Landsmann zu Hambeck und Bug, die Alma nach zwei Tagen abgelöst hatten.

»Kein Beinbruch, eine Gehirnschrumpfung«, sagte Bug im Auto, auf dem Weg zurück ins Studio.

»Nun«, sagte Hambeck, »wir stehen ja erst am Anfang, mein Lieber.«

Kalb saß im Fond. Hambeck überfuhr eine Taube, Bug applaudierte, Kalb schaute aus dem Heckfenster der halbtot zappelnden Taube hinterher und machte wieder einen Pfeifmund, aus dem aber wieder kein Pfiff drang. Er hielt sich die Leistengegend, da hatten sie ihm einen Schlauch eingeführt, dann ein Säckchen auf die Blutung gelegt. »So was tut doch weh«, sagte Bug, drehte sich zu Kalb um, und sagte noch einmal: »So was tut doch weh, was?«

Auf dem Studiogelände ging es seit drei Tagen zu wie auf einem politischen Gipfel.

Die Journalisten warteten und aßen und soffen und spielten Karten und drückten auf ihre Mobiltelefone, und schauten in Monitore, in denen sie sich selbst sahen, wie sie in einen Monitor schauen und dabei warten und essen und saufen und Karten spielen und auf ihre Mobiltelefone drücken. Ein Kollege stand mit einem bunten Mikrofon vor ihnen und sagte in eine Kamera, dass alles immer sonderbarer werde, und man im Moment auch nicht mehr machen könne als mal zu schauen. Und wenn die Kameras aus waren, warfen die Leute ihre bunten Mikrofone auf einen Haufen mit Kabeln und sagten »Scheiße«.

Blieb Hambeck nachts in seinem Büro, wie die ersten Nächte nach Kalbs Schweigen, blieben auch die Journalisten vor diesem Büro, und redeten und kicherten und froren draußen in der Würfelsiedlung herum. Zwei gingen in der zweiten Nacht in einen Übertragungswagen und vögelten, was wiederum am vierten Tag in einer Zeitung stand, weil Malte Kapussnik die Sache spitz bekam und die Geschichte sowie ein Foto unter fremdem Namen veröffentlichte.

Hambeck warf die Zeitung auf den Tisch, erhob sich und schaute aus dem Fenster: »Alles ist so langweilig, Bug.«

»Fängst du jetzt auch an?« Bug warf einen leeren Plastik-Kaffeebecher an Hambecks Hinterkopf, einige Tropfen Kaffee liefen durch die grauen Haare und dann auf Hambecks Hemd. Der Regisseur schaute aus dem Fenster und bewegte sich nicht.

»Hambeck?«

Bug ging aus dem Zimmer.

Die Zeitungsumfrage, ob Kalb sein Geld noch wert sei, endete 6 Prozent zu 94 Prozent gegen Kalb. Darüber stand die Schlagzeile: »Was sagen Sie nun, Herr Kalb?« Nichts natürlich, dachte Hambeck, ihr Arschgeigen. Einen Tag später erschien dasselbe Blatt mit der Geschichte von der Frau Hedwigsthaler.

15

Am späten Morgen des fünften Schweigetages erhob sich Hambeck aus Kalbs Gästebett, wankte durch die Wohnung und ließ sich von der Strömung seiner Gedanken von Zimmer zu Zimmer treiben. Es musste ohne Zweifel allerhand erledigt werden, aber die nun tagelang gewonnenen Eindrücke und die bevorstehenden Aufgaben ergaben zusammen keinen Sinn, nicht im Halbschlaf und auch nicht, wie Hambeck später nach der ersten Kanne Kaffee merkte, im Wachzustand.

Also eigentlich überhaupt nicht.

Wir stehen morgens auf, treiben Unfug und legen uns abends wieder hin, dachte Hambeck, nicht ungewöhnlich, darüber irrsinnig zu werden, aber besser, man lässt es bleiben. Er massierte sich die Schläfen, duschte kalt und nahm, nachdem er sich mit Kalbs Wässerchen besprüht hatte, einige von Kalbs Schmerztabletten.

In der Wohnung standen gefüllte Aschenbecher sowie leere Gin-, Tonic-, Whiskey- und Weinflaschen herum. Hambeck schaute sich die Spuren des nächtlichen Gelages an wie ein Urlaubsheimkehrer die Spuren eines Einbruchs.

Hier war eine Gruppe von Menschen nervlich aus dem Leim gegangen, die Gruppe hatte sich all das, was leer gesoffen und eingeäschert worden war, dem Blutkreislauf zugeführt, um für die nähere Ewigkeit irgendwie über die Runden zu kommen.

Hambeck blieb neben Kalb stehen, der ihn scheinbar teilnahmslos musterte. Kalb saß, schon lange geduscht, in einem Morgenmantel, barfuß und mit übereinander geschlagenen Beinen am Küchentisch.

Hambeck schlug Kalb auf die Schulter. »Schön, dass du schon mal aufgeräumt hast, junger Freund.«

Kalb hob ein Bein und streckte es, betrachtete dabei seinen Fuß, spreizte die Zehen, drehte den Fuß hin und her.

»Kalb, wenn du willst, gehe ich in den Drogeriemarkt und kaufe Beinhaarentferner. Und natürlich Nagellack.«

Kalb streckte nun auch das andere Bein aus und hielt beide Beine in der waagerechten Schwebe. Eine Weile saß er so da und lächelte. Seine Beine müssten zittern, tun es aber nicht, dachte Hambeck, langsam wird es mir hier zu bunt.

Er ging zum Fenster, lugte durch einen Vorhangspalt runter auf die Straße und sagte: »Wo gehen die hin, wenn sie pissen müssen? Ich frage mich das schon seit Tagen. Kein Busch weit und breit. Hunde suchen sich auf die Dauer wenigstens eine Wiese. Oder Bäume. Furchtbar.«

An dem Gelage am Vorabend hatten zunächst außer Kalb und Hambeck noch Bug, Strohkamp, Böck, die Löffelholz sowie Professor Grubenbecher teilgenommen.

Hambeck hatte die Runde versammelt, um vor allem Bug und Grubenbecher psychisch aufzurichten, denn während Bug immer akuter an seinen Minderwertigkeitskomplexen litt und kurz zuvor auch vom Intendanten gedemütigt worden war, verzweifelte Grubenbecher darüber, dass weder er noch sein Freund Landsmann bei Kalb zu einem Befund gekommen waren. Landsmann hatte Grubenbecher in der dritten Nacht angerufen und mitgeteilt, er vermutete in Sachen Kalb »Morbus Münchhausen«. Der Patient sei offenbar ein Simulant. »Kein Wunder, wenn man den Charakter der Branche bedenkt, in der der Patient arbeitet. Das, lieber Grubenbecher, ist ein Fall für den Psychologen. Kalb kommt mir vor wie einer dieser Aufziehhäschen mit den Blechtrommeln vorm Bauch. Irgendwer hat den Schlüssel verlegt. Vermutlich er selbst.«

Zum Trost hatte Grubenbecher einige seiner Teedosen mitgebracht und damit einen ziemlichen Zauber in der Küche veranstaltet.

Kurz vor dem Gelage in Kalbs Wohnung hatten die Nachrichtenagenturen eine exklusive Geschichte der am nächsten Tag erscheinenden Sonntagszeitung gemeldet.

Es sei in Kalbs Firma oder, wie es hieß, »am Rande der Firma«, zum Selbstmord einer jungen Frau gekommen. Diese sei zuvor von Kalb gefeuert worden. Vorher soll es aber, so »wissen Eingeweihte«, offenbar zwischen der Frau und Kalb ein Verhältnis gegeben haben. So, meldete die Nachrichtenagentur scheinheilig, stehe es zumindest in der Sonntagszeitung. Kalbs Leute seien für eine detaillierte Stellungnahme nicht zu erreichen gewesen, zumal ja Wochenende sei.

Hambeck hatte schon seit Tagen befürchtet, dass Kast und Frohvogel sich diese Chance nicht entgehen lassen würden. »Auf die Gunst der Mächtigen kannst du als Mächtiger in einer schwachen Stunde hoffen«, hatte er der Strohkamp gesagt, »aber nicht auf die Gunst der Schwachen.«

Er habe in den vielen Jahren, in denen er für das Fernsehen arbeite und in denen er gelernt habe, sich mit den

Dingen abzufinden, niemals mit den Mächtigen gehadert, sondern immer mit den Schwachen. »Wobei niemals die wirklich Schwachen das Problem waren, sondern Leute wie die Kast und der Frohvogel, die in ihren unteren Zwischengeschossen so sicher hausen wie Untote auf einem Friedhof und dort jahrelang auf der Lauer liegen, nicht zuletzt deshalb, weil sie kaum etwas zu tun haben, beziehungsweise halt immer denselben Quatsch«, sagte Hambeck.

Er hatte via Grubenbecher, der vor seiner Praxis den Journalisten gesagt hatte, er habe »irgendwie gehört«, Kalbs Leute versammelten sich an diesem Abend in einem Haus am See abseits der Stadt, »das Pack« ins Nirgendwo geschickt.

Also schnüffelten sie in leistungsschwachen Kombis und Lieferwagen ziel- und erfolglos um den See herum, erst spät am Abend hechelten sie wieder ins Revier und bissen sich um die Parkplätze vor Kalbs Haustür.

Die Löffelholz kam recht atemlos in Kalbs Wohnung und legte die Zeitung auf den Tisch, Kalb beugte sich leicht aus seinem Sessel nach vorn und guckte auf den Titel. Er kaute kurz auf der Unterlippe herum und lehnte sich wieder zurück.

»Gott, Kälbchen«, stöhnte die Löffelholz.

Über hellroten Balken standen die Sätze »Böser Verdacht« und »Sein dunkles Geheimnis«, darunter ein paar Anreißer über die »hübsche Praktikantin« und ihren Selbstmord, der im Text ein »tragischer Selbstmord« beziehungsweise »furchtbarer Selbstmord« war.

Darüber war ein Foto der Frau Hedwigsthaler abgebildet, das die junge Frau lachend auf einer Party zeigte. Im Laufe des Abends wurde man sich in Kalbs Wohnzimmer einig, dass dies auf einem Fest des Senders vor einem Jahr gewesen sein musste. Zwar hatte keiner aus Kalbs Truppe die Frau je lachen sehen, »aber einmal muss sie also mindestens gelacht haben«, wie die Löffelholz mit Blick auf die Zeitung plapperte.

Die Zeitung munkelte viel, am Ende stand: Kalb habe der hübschen Frau Hedwigsthaler offenbar »mehr versprochen«, seine Ehe mit der schönen Alma Kalb sei seit geraumer Zeit zerstört. Im Anschluss an seine Versprechungen habe Kalb die Hedwigsthaler auf eine dauerhafte Stelle im Senderarchiv schicken wollen, um sie loszuwerden. »Vertrauliche Quellen« wüssten, dass »das Arbeitsverhältnis nicht das einzige Verhältnis« zwischen Kalb und der Frau gewesen sei, und außerdem, dass Kalb nur Sekunden vor der Sendung vom Tode der Frau erfahren habe. »Entweder ließ der Schock über diese Nachricht Joseph Kalb verstummen, oder er verweigert aus guten Gründen jede Aussage über seine erhängte Praktikantin. Nun ist der Sender am Zug, der Intendant war gestern für eine Stellungnahme nicht zu erreichen. Nicht nur um Kalb, auch um den Intendanten zieht sich nach Meinung von führenden Sendermitarbeitern der Strick nun enger.«

»Das Übliche«, sagte Hambeck.

Er und Bug hatten schon Stunden zuvor beim Intendanten antreten müssen. Dessen Sinn war plötzlich auf Kampf ausgerichtet, nun gelte es, zusammenzuhalten. Er habe zwar am selben Tag, an dem Kalb zu schweigen angefangen habe, vom Mitarbeiterausschuss in einem kurzen Schreiben von der »unerfreulichen Sache« mit der Frau Hedwigsthaler erfahren. Aber wer so was denn nach außen trage?

»Kennen Sie die undichte Stelle im Sender?«

»Nein«, sagte Hambeck und trat Bug von der Seite vor das Bein, damit auch dieser den Mund hielt.

»Ja, klar«, rief Bug und erzählte von der Kast und Frohvogel und dem Auftritt am Nachmittag besagten Tages und dem zweiten Auftritt, nur Sekunden vor der Sendung. Nur diese beiden hätten von Kalb erfahren, dass die Frau Hedwigsthaler möglicherweise fürs Archiv tauge, weil sie so wenig sage. Außerdem sei der Mitarbeiterausschuss doch bekannt für sein bescheuertes Herumgeknipse auf den furchtbaren Senderfesten. Die Zeitungsleute hätten das Foto von der Frau Hedwigsthaler nicht einmal der ohnehin schon depressiven Mama der Frau Hedwigsthaler abschwatzen müssen. »Und wie die darauf kommen, dass die Hedwigsthaler hübsch gewesen ist, das soll mir auch mal jemand erklären. Die sah aus wie der Tod. Mit der hätte Kalb im Traum kein Verhältnis angefangen, die war leider wirklich zum Kotz…«

»Halt die Klappe, Bug«, sagte Hambeck.

Der Intendant haute jedenfalls bei den Namen Kast und Frohvogel auf den Schreibtisch: »Ha!«

»Die zwei sind mir die Liebsten. Über den Frohvogel Worte zu verlieren erübrigt sich. Eine jämmerliche Gestalt, Mitleid erregend. War mal ein guter Mann an der Parlamentsfront, nicht wahr, immer auf derselben falschen Seite, aber im Zweifel Hosenscheißer genug, um seinen Job zu machen und keinen großspurigen Mist zu verbreiten. Aber die Kast, nicht wahr, Hambeck, die habe ich damals als Spitzenkraft eingekauft, die hatte Feuer unter den Pfötchen, du dachtest, die hat Bomben im Koffer, wenn die mit ihren Leuten von den Recherchen wiederkam.«

Hambeck dachte, dass Bug kein Mitleid mehr verdiente, dass Kalb einst Recht gehabt hatte, dass es sich praktisch immer räche, mit Idioten Mitleid zu haben, dass diese Idioten an der Leine, die man ihnen hinhält, damit sie nicht in den Abgrund stürzen, stets derartig herumzerren, bis gleich eine ganze Mannschaft Hilfe Leistender mit ihnen in den Abgrund rauscht.

»Dann ist die Kast im Sender an die falschen Leute geraten«, sagte der Intendant. »An Weichtiere und Safttrinker, an Männer wie den Frohvogel, die im Sender das Maul aufreißen und auch weltpolitisch immer Bescheid wissen, obwohl sie zu selten ihre kümmerlichen Nester verlassen, um sich ein Urteil zu bilden. Zu Hause lassen sich diese Typen von ihren Frauen über den Mund fahren, dann ficken sie aus Not in der Gegend herum. Ich habe von dieser Sorte während meiner vielen Jahren beim Sender mehr als ein Dutzend kennen gelernt. Die schauen zur Kast wie zu einer Domina empor, erst recht, nachdem die damals diesen Politiker, diesen, na, Dings abgeschossen hat, na, in diesem Magazin, das kürzlich eingestellt wurde.«

Der Intendant schaute kurz zur Decke, er bot Hambeck und Bug Kürbiskerne an, Hambeck lehnte ab, Bug stopfte sich eine Hand voll in den Mund.

»Vorsicht, junger Freund, man isst sie einzeln, salzig. Jedenfalls, danach war es aus mit der Kast. Totale Hybris. Ich könnte Ihnen das Datum sagen. Sie hat noch diese Doku über den Festplattenkrebs gemacht.«

Bug fragte: »Festplattenkrebs?«

»Jaaa«, rief der Intendant, »Krebs wegen Computer-Festplatten, es gab da diesen Verdacht.«

Bug grinste. »Witzig.«

»Nicht witzig. Totale Scheiße!«, schrie der Intendant. »Totale Scheiße, nicht wahr. Falsche Berater. Wir haben jahrelang gezahlt, Rufschädigung, Verleumdung, was weiß ich noch alles. Jeder krebskranke Arsch mit Computer wusste plötzlich, wo es herkam. Also: Ab in die Regionalnachrichtenredaktion, liebe Frau Kast! Die Frau hat geflennt damals, aber ich dulde einen solchen Absturz nicht.

Außerdem: Leitung der Regionalnachrichten, sie war ja nicht irgendwer!«

Bug hatte die Kürbiskerne, als der Intendant erneut zur Decke geschaut hatte, in seine hohle Hand gespuckt und wusste schon eine Weile nicht, wohin damit. Hambeck reichte ihm ein Taschentuch.

»Das Famose an besonders dummen und gleichzeitig besonders ehrgeizigen Menschen wie der Kast ist ja, dass sie immer einen Weg finden, ihren Jagdtrieb zu stillen. Und wenn es im Fernsehen nicht mehr geht, dann geht es halt im Mitarbeiterausschuss des Fernsehens. Die gedeihen in ihrem Hass wie in einem Feuchtbiotop. Du musst auf sie einschlagen, bis sie wirklich nicht mehr zucken. Sonst kriechen sie weg, nicht wahr, kurieren sich ein wenig aus und grinsen dich ein Jahr später frech wieder an.«

Der Intendant erhob sich und taperte dann keuchend ins Nebenzimmer. Hambeck nutzte die Chance und schaute Bug, der seinen Mund nicht hatte halten können, in die Augen. Bug wippte mit einem Fuß und sagte: »Soll er ruhig wissen, die Kast ist …«

Der schwere Mann kam mit zwei Mappen unterm Arm zurück sowie einer Flasche Beerenschnaps und drei sehr großen Gläsern. »Finde die Schnapsgläser nicht. Kann Ihnen aber den Importeur dieses Feuerwassers nennen, Ihr Lieben, liefert zum EK.«

»EK?«, fragte Hambeck.

»Einkaufspreis«, riefen der Intendant und Bug.

Der Intendant schüttete großzügig ein. Bug rutschte sichtlich zufrieden tiefer in den Stuhl und machte sich auf eine längere Krisensitzung gefasst, die er dank seiner wichtigen Informationen so erst möglich gemacht hatte.

Hambeck schaute auf die Uhr. Bei Menschen wie Bug, dachte er, liegen die sonst unsichtbaren Gedanken hinter ihren Handlungen immer schon so glänzend bei wie Werbung in einer Zeitung. Bugs große Begabung als Produzent lag im Beschwatzen von Menschen und also auch potenziellen Gästen für die Sendung. Sein fragiles Selbstbewusstsein stand dieser Stärke allerdings oft im Weg. In diesem Moment verströmte jede Pore von Bug angesichts der Beerenschnapsnummer des Intendanten die wohlige Überzeugung: Hier sitzen drei Verbündete! Ich, Bug, bin einer dieser drei Verbündeten! Jetzt heben wir erst mal einen unter Männern!

»Prost, meine Herren!«, rief prompt der Intendant. »Der Krieg ist eröffnet!«

»Prost, Herr Intendant!«, rief Bug, zündete sich eine Zigarette an, hielt sie zwischen Daumen und Mittelfinger und schaute dann erst einmal ratlos nach einem Aschenbecher, zumal der Intendant keine Anstalten machte, einen zu holen.

»Na ja«, sagte Hambeck leise. »Prost.«

Die Köpfe wurden in den Nacken geworfen.

»Lecker«, sagte Bug und ließ sich nachschenken. »Den Importeur müssen Sie mir mal aufschreiben.«

Hambeck machte eine abwehrende Handbewegung. Nun stieß Bug allein mit dem Intendanten zum zweiten Mal an, kurz darauf zum dritten Mal. Der Intendant schob Bug endlich eine Untertasse mit einem teegelben Rand hin. Bug aschte ab.

Hambeck seufzte und schaute aus dem Fenster in die unruhige Finsternis.

Eine Taube hatte auf dem Fenstersims vor dem drohenden Gewitter Schutz gesucht. Bei jedem Windstoß bauschten sich die graublauen Federn, der Kopf der Taube wurde so gegen die Scheibe gepresst, dass ihr Schnabel mit einem leisen Kratzen über das Glas zog. Die Taube war den Elementen vollkommen ausgeliefert, ihre orangefarbenen Augen starrten ins erleuchtete Zimmer des Intendanten. Tja, dachte Hambeck.

Jetzt schauten auch der Intendant und Bug zum Fenster.

Plötzlich erhielt das Tier einen besonders heftigen Stoß von der Seite, drehte sich einige Male um die Längsachse über den Fenstersims, sie versuchte noch, sich mit dem Schnabel im Beton zu verbeißen, dann rutschte sie in die Tiefe.

»Und tschüss«, sagte Bug.

»Wie sterben eigentlich alte Tauben?«, fragte der Intendant.

Es gab ein längeres Schweigen. Dann sagte Bug: »Die Fotze!«

»Wie bitte, Herr Bug?«

»Die Kast ist eine ganz üble Fotze, ich hätte keine Probleme, ihr …«

»Ich denke, es ist Zeit, dass wir uns nun um Kalb kümmern«, sagte Hambeck. »Ist der Dienstag jetzt klar? Auf Sendung gehen können wir nicht, definitiv nicht. Selbst wenn Kalb bis dahin wieder …«

»Ganz recht«, sagte der Intendant, der Bug und sich selbst nun erneut nachschenkte.

Hambeck fragte: »Was ist ganz recht?«

»Nun, ich dulde zwar nicht, dass in meinem Büro so geredet wird, aber in der Tat ist die Kast eine Fotze. Machen wir uns nichts vor. Meine Herren: Prostata!«

»Prostata, Herr Intendant!« Bug grinste zu Hambeck herüber. Wieder wurden die Köpfe nach hinten geworfen, wieder machte es »Aaaah«. Dann griff der Intendant nach den Unterlagen. »Personalmappen« grunzte er, blätterte, stieß wieder kurz auf, las: »Hier, Frohvogel, seit vierhundertsechsundachtzig Jahren im Sender, hat sich schon nach einem Jahr damals in den Mitarbeiterausschuss wählen lassen, ergo: unausgelastet. Hmm ja, nicht wahr, hier die

Bewerbung von damals: Pauspapier, mein Gott, Vater Dreher, Mutter Hausfrau, meine Hobbys sind Geologie und Geschichte, da war schon alles klar, das sind doch alles keine Leute, mit denen man …« Die zweite Mappe. »Hier die Kast, nicht wahr, Studentenparlament, summa cum, blabla, Vater Erzieher, Mutter Erzieherin …«

»Tochter Fotze«, lallte Bug.

»… acht Jahre bei den Idioten von der Konkurrenz, für die Reportage dann bei uns über den beschissenen Festplattenkrebs hat sie den Krahwinkelpreis … ach, egal, jedenfalls: Das wird dann daraus!«

»Sie fallen vom Dach«, sagte Bug.

»Wie bitte, Herr Bug?«

»Die Tauben. Sie werden alt und fallen dann vom Dach. Es gibt da eine Untersuchung der Universität von Weißnichtwo. Sterben jedes Jahr Dutzende von Menschen, vor allem ältere, weil tote Tauben auf sie drauffallen, und die alten Mitbürger erschrecken sich derartig, dass sie einen Infarkt bekommen und rumms, sind sie auch tot. Taube tot, rumms, Mensch auch tot.« Bug beendete seinen Vortrag, in dem er leise wiederholte: »Mensch auch tot.«

Er näherte sich, wie Hambeck dachte, dem Abgrund. Es war wirklich Zeit zu gehen.

Der Intendant aber brach in brüllendes Gelächter aus, schenkte sich und Bug und nun auch wieder Hambeck noch einmal ein.

»Hahahahaha!«, schrie der Intendant. »Köstlich, ja, köstlich, nicht wahr!«

Dann, als habe jemand einen Kippschalter umgelegt, machte der Intendant ein finsteres Gesicht.

Hambeck sagte: »Wir reden morgen weiter. Der Dienstag müsste geregelt …«

»Lieder gegen den Krebs!«, rief der Intendant. Erkennbar verstanden Bug und Hambeck nicht, wovon die Rede war.

»Die Gala! Wollten wir Dienstag im Lichtdom aufzeichnen und dann abfahren nächste Woche Samstag. Macht dreißig Prozent in der Zielgruppe der, nun ja, fast Neunzigjährigen. Alles dabei, was ein Mikrofon halten kann, die letzten Lemuren, ja. Der gute Zweck, nicht wahr.«

Bug grinste den Intendanten unsicher an. Aber der schaute nach wie vor finster zurück. »Lieder gegen den Krebs«, sagte der Intendant wieder.

Dann machte er eine lange Pause.

»Meiner Frau und mir, mein lieber Bug, ist im Süden mal ein Käuzchen vor die Füße gefallen. Aus einem alten Gemäuer heraus. Vermutlich von der Mutter verstoßen. Vermutlich, vermutlich, vermutlich.«

»Ja, Herr Intendant.« Bug stand auf, trat zu Hambeck und zog leicht an dessen Ärmel.

Dann brüllte der Intendant: »Aber man kann es natürlich nicht wissen, junger Freund.«

Hambeck hatte schon viele stumpfsinnige Sitzungen bei diesem und auch bei anderen Intendanten gemeistert. Er war sich dabei stets vorgekommen wie ein Langstreckenläufer, der den Moment der totalen Erschöpfung überwunden hatte und einfach weiterlief. Er war, dachte er, einfach immer weitergelaufen, hatte Intendanten, Sender, Sendungen überrannt. Vielleicht hatte Kalb seinen Moment der totalen Erschöpfung eben nicht überwunden. Womöglich ruhte er sich ein bisschen aus?

Diese spezielle Sitzung beim Intendanten erschien selbst Hambeck so anstrengend wie eine Olympiade im Regen. Es galt nun, den Kollegen Bug möglichst unversehrt an Leib und Seele aus dem Zimmer heraus zu bekommen. Hambeck bog in die Zielgerade und sagte: »Nun, wir rufen Sie morgen an. Was die Kast und den Frohvogel angeht, ist ja noch nichts erwiesen, und wir sollten hier mal nicht, nun ja, voreilig Nägel mit Köpfen machen.«

»Nichts erwiesen?«, sagte der Intendant und sah Bug an.

Bug wurde weiß und fummelte an seiner Nase herum. »Ist doch klar, wie das gelaufen ist«, sagte er leise. »Ist doch wirklich klar. Ich kann Ihnen da bei Bedarf auf die Schliche helfen …«

»Auf die Sprünge«, flüsterte der Intendant.

»Auf die Sprünge«, flüsterte Bug.

Als Bug und Hambeck schon zum Aufzug gingen, öffnete der Intendant noch einmal die Bürotür. Er stellte sich in den Gang und breitete seine Arme aus. Da sich die Neonröhren in gleichmäßigen Intervallen auf dem blanken Boden spiegelten, sah der Flur wie eine Landebahn, und der Intendant wie ein großer, schwerer Mann aus, der nicht alle Tassen im Schrank hatte und Flugzeug spielte.

Für ein paar Sekunden stand der Intendant so da, dann zeigte er mit dem rechten Zeigefinger in das weit entfernte Gesicht des betrunkenen Bug.

»Sie! Bug! Die Frau Kast ist nicht nach meinem Geschmack.«

»Klar«, hauchte Bug.

»Aber sie macht hier ihre Arbeit!«, schrie der Intendant. »Ist das klar, Herr Bug?«

»Klar, Herr Intendant!«

»Ich will das Wort Fotze in meinem Büro nicht mehr hören!«

»Klar.«

Endlich kam der Aufzug.

16

Genau eine Woche nach Kalbs Verstummen lief Hambeck mit Anton und Flip am Fluss entlang.

Der Regisseur wusste, dass sich Anton schon früher gelegentlich für die seltsamen Gespräche hatte rechtfertigen müssen, die sein Vater im Radio geführt hatte, bevor er zum Fernsehen gewechselt war. Und dass Alma dann die Initiative ergriffen und den Eltern, die ihren Kindern darüber berichteten, aus was für einem Stall der Anton komme, in einigen knappen, geraden Sätzen am Telefon die Luft zum Atmen genommen hatte. In diesen Sachen war Alma schneller und konfliktfreudiger als Kalb, der die Angriffe auf seine Kinder meistens hilflos verfolgte und danach erst über die Angriffe und dann über seine Hilflosigkeit verzweifelte.

Auf dem Spaziergang erzählten Anton und Flip, dass die Kinder in der Schule gesagt hätten, ihr Vater sei eigentlich tot. Nur eine fluoreszierende Flüssigkeit, die Wesen aus der Matrix ihm injiziert hätten, verleihe ihm noch etwas Lebensähnliches. Dadurch reflektiere die eigentlich tote und matte Haut und sehe normal aus. Der Bewegungsapparat des Vaters werde durch einen von denselben Wesen implantierten Robotermotor angetrieben, der aber auch ausfallen beziehungsweise verschmoren könnte. Jedenfalls sei sicher, dass Kalb dann gefährlich werden und Säure versprühen und so auch Menschen töten würde. Natürlich erst seine Kinder, die Zwillinge und dann Anton und schließlich Flip. Erst würden die Kinder in die Säure eingelegt und dann auf seinem Laser-Grillherd so lange hin und her gewendet, bis sie knusprig wären.

Anton hatte den Jungen Prügel angedroht. Da sein Bruder aber noch nicht lange dem Kindergarten entwachsen war, glaubte der die Geschichte von seinem säurehaltigen Vater und dem Laser-Grillherd sofort. Flip war also weinend aus der Schule gekommen. Als er Papa und Mama in der Küche sitzen sah, und als er hörte, wie die Mama zum Papa sagte »Tu den Kindern das nicht an!«, war er schreiend wieder aus dem Haus und die Straße runter gerannt. Während Mama den kleinen Flip wieder eingefangen hatte, war Anton in der Küche mit seinem Papa allein gewesen.

»Ich habe Papa gesagt, er soll mal was sagen, und dann hat Papa nichts gesagt«, sagte Anton. »Und dann hat er meine Schulsachen rausgeholt und dann den Block mit dem Papier, und dann hat er die weißen Seiten abgerissen und Flieger und Schiffe gebastelt. Zack und zack und zack, der ganze Tisch war voll. Ich hab gedacht, der Papa spinnt.«

Dann hatte Kalb die Plastikumschläge der Schulbücher über der Spüle sorgsam abgewaschen, sie trocken gerieben und wieder über die Bücher gelegt, dann die Bücher der Größe und Breite nach geordnet und wieder in die Tasche gelegt, die Schmalen und Breiten nach hinten, die kleinformatigen Dicken nach vorn.

»Das Augenfeuer hat Papa mir auch gezeigt«, sagte Anton. Zunächst habe sein Vater ein paar Minuten mit geschlossenen Augen aus dem Fenster und in die Sonne geschaut, dann Anton auf einen Stuhl vor das Fenster gestellt und ihm vorsichtig die Augenlider geschlossen.

»Augenfeuer?«, fragte Hambeck.

»Wenn man die Augen zugemacht hat und in die Sonne guckt, sieht es aus wie Feuer«, sagte Anton. Mit dem Papa habe er so lange mit geschlossenen Augen in die Sonne geschaut, bis Mama und Flip zurückgekommen seien. In irgendeiner Zeitung, sagte Anton, sei auch ein Foto davon. »Der Papa und ich mit zuen Augen.«

Die Mama, sagte Anton, habe den noch ein wenig zappelnden und zitternden Flip auf Papas Schoß gesetzt. »Sie hat Flip immer wieder gesagt, dass der Papa nicht aus Säure ist und dann hat er sich wieder eingekriegt.«

Papa habe den jammernden Flip dann genommen und sei mit ihm im Schlafzimmer verschwunden. »Mama und ich haben gehorcht, ob er drinnen vielleicht was sagt. Nach einer halben Stunde haben wir dann die Tür aufgemacht. Da liegen beide und schlafen.«

Anton sah Hambeck an. »Ich glaube, der Papa spinnt«, sagte er.

»Der Papa hat keinen Laser-Grillherd«, sagte Flip und schaute ebenfalls zu Hambeck hoch. »Oder?«

»Nein«, sagte Hambeck, »er hat keinen Laser-Grillherd. Und aus Säure ist er auch nicht. Ganz bestimmt nicht.«

Flip schaute auf den Fluss. Dann wiederholte er: »Und aus Säure auch nicht. Ganz bestimmt nicht.«

Während die beiden Jungen im weiteren Verlauf des Spaziergangs Steine ins Wasser warfen, arbeitete in Hambeck die Erinnerung an den Kalb, den er kannte, seit er ihn vor etlichen Jahren zu sich genommen hatte.

Er dachte an einen Mann, der mit der größten Selbstverständlichkeit durch seinen Beruf gefedert war und seinen Stoizismus im Umgang mit der Welt und den Dingen erst nach und nach verlor, als er das Radio verlassen und sich dem Fernsehen zugewandt hatte.

Hambeck hatte Kalb, bevor sie sich erstmals auf einer Party anlässlich der Verleihung irgendeines Preises kennen gelernt hatten, gelegentlich nachts im Auto gehört. Hambeck wusste, dass Kalb bis dahin ein normales Journalistenleben geführt hatte, dass er davor das einzige Kind des einst angesehenen und früh verstorbenen Violinisten Hagen Kalb gewesen war und dass er im Zuge eines Volontariats in einem Radiosender erst eine ausgesprochen dumme Jugendsendung und dann aber eben jene Nachtsendung moderiert hatte. Er hatte sich darüber gewundert, wie der Moderator mit einer edlen, irgendwie sandigen Stimme Menschen beruhigte, die vor allem unter ihren sexuellen Kümmernissen litten.

Der eine trieb es mit gegorenem Obst, der andere verging sich an den Nagetieren seiner Kinder, die meisten bumsten ganz gewöhnlich herum, mal erkannten sie einen Sinn darin, meistens nicht. Alle betrogen sie, alle wurden sie betrogen, allerdings riefen Frauen so gut wie nie in der Sendung an. Es waren fast ausschließlich Männer im freien Fall, die sich offenbar nicht dafür interessierten, dass die Zuhörer an den Radiogeräten sich den Bauch hielten vor Lachen oder wonnig ekelten.

»Die Schönheit und gleichzeitige Kürze eines Orgasmus ist für die Menschen ein stets verdrängter Beweis für die Traurigkeit ihrer Existenz. Sie schauen auf diesen Orgasmus wie ein Kind auf ein sehr großes Eis«, hatte Kalb einmal in einem Zeitungsinterview gesagt. »Und sie wissen natürlich nicht, womit sie sich dieses Eis verdient haben. Also fühlen sie sich einerseits schuldig. Und andererseits hungrig, denn so ein Eis schmilzt in Kürze. Dann wollen sie ein neues Eis.«

»Also könnte man folgern«, hatte damals der Interviewer gesagt, »nach dem Orgasmus ist vor dem Orgasmus.«

Das, meinte Kalb, könne man in der Tat so folgern, der Journalist habe Recht.

Kalb hatte Hambeck Jahre später gesagt, so rätselhaft dumme Antworten habe er weder vorher noch nachher je wieder gegeben.

Hambeck erschienen die Menschen, die bei Kalb in der Sendung anriefen, wie Flitzer, die Nacht für Nacht durch die Straßen rasen. Kalb besaß die Fähigkeit, wenig Worte zu machen und den Dingen ihren Lauf zu lassen. Für ihn mussten die, die bei ihm anriefen, von ihrer Schuld befreit werden, sie brauchten praktische Hilfe, nichts sonst. Immer wieder signalisierte Kalb seinen Anrufern, dass sie niemandem etwas zu Leide tun, wenn sie sich an gegorenem Obst vergehen, dass sie die Nager wohl befummeln, aber nicht quälen dürften, und dass das Herumbumsen in billigen Hotelbetten kein wirkliches Vergehen sei, es mache zwar nicht glücklich, es mache zumindest ihn nicht glücklich, aber das sei so oder so eine andere Frage als die der Schuld, wie auch die Ehekatastrophe daheim, die diese Männer dazu veranlasste, jene Hotelbetten mit Bekanntschaften durchzupflügen, nicht unter allen Umständen eine Frage der Schuld sei. Sondern – wie Kalb dachte, und mitunter auch sagte – der mögliche Lauf der Dinge, nichts sonst.

Als er schon Fernsehmoderator war, hatte Kalb Hambeck einmal erzählt, dass er Menschen, die über ihren Geschlechtsverkehr reden, nicht ertragen könne: »Es ist etwas anderes als damals beim Radio, Hambeck, es ist diese Unmittelbarkeit und diese würgende Kumpanei in den Augen, wenn der junge Bug oder ein mir völlig verhasster Schauspieler oder sogar ein gewöhnlicher Landwirtschaftspolitiker davon berichten, wie gut oder schlecht ihr Beischlaf funktioniert. Ich will es nicht wissen. Ich fühle mich in diesen Momenten, als habe man mich in ein Pornokino gesetzt, und jetzt muss ich mir anschauen, wie zwei mir Fremde, oder noch schlimmer, zwei mir bekannte Menschen ihre Geschlechtsteile in die Auslage legen. Sobald mir ein Mensch von seinem traurigen oder frohsinnigen Geschlechtsleben berichtet, sehe ich ihn nur noch nackt vor mir. Und ich will die Menschen nicht nackt sehen, Hambeck. Es ist ekelhaft.«

Kritik an seiner Radiosendung vor allem aus politischen Kreisen, die die, wie es hieß, Zurschaustellung von Abnormitäten anprangerten, ließ Kalb kalt. Er reagierte nicht darauf, nicht einmal durch eine der üblichen Polemiken über die Doppelmoral von Politikern, mit der man auch immer wieder mal für ein gewisses Aufsehen und breite Zustimmung in fortschrittlichen Kreisen sorgen konnte. Seine Reaktion bestand in der totalen Verweigerung, sich mit dieser Kritik auseinander zu setzen. Stattdessen machte der Moderator, wenn er von wütenden Menschen zur Rede gestellt wurde, ein ratloses Gesicht.

Nach relativ kurzer Zeit musste Kalb dann nicht mehr die allgemeinen Schläge ignorieren, sondern das plötzlich über ihn hereinprasselnde Lob sowie diverse Preisverleihungen, bei denen er halb amüsiert, halb stumm Hof hielt, niemals in der Art androgyner Halbprominenter, denen ihre eigene Rätselhaftigkeit bewundernswert vorkam, sondern immer recht lieb.

Joseph Kalb machte sich in diesen Preisverleihungsnächten nicht auf dem roten Teppich davon und setzte sich auch nicht in die Limousinen der Fahrbereitschaft, sondern wählte in den unwirtlichsten Messehallengegenden einen Hinterausgang, winkte nach einem mitunter langen Fußmarsch ein Taxi herbei.

Kalb erzählte Hambeck damals auf einer Party, dass er einmal gebeten worden sei, seine Nachtsendung in einem Buch gedankenreich nachzubereiten. Er habe dies auch getan und viele Seiten voll geschrieben. Dann sei er vom Verlag gebeten worden, zu kürzen, also habe er einen ganzen Urlaub lang die Buchfahnen durchgesehen und gekürzt.

In der Mitte des Urlaubs sei das Buch nur noch halb so lang gewesen. Am Ende des Urlaubs war es dann ganz weg.

17

Hambeck erinnerte sich, dass er am Vortag das soundsovielte Gespräch mit dem Intendanten zeitig verlassen hatte, um pünktlich wieder in Kalbs Wohnung einzutreffen und die Spätnachrichten zu genießen, und dies deshalb, weil ein Irrer in der Stadt am Morgen fünf Menschen erschossen hatte, darunter zwei Kinder.

Die Tat, von der Hambeck aus den Radionachrichten in seinem Auto erfahren hatte, löste in ihm etwas aus, das er nach längerem Nachdenken mit dem Wort Entsetzen nur unzureichend umschrieben fand. Als der Vorspann der Spätnachrichten durch Kalbs Wohnzimmer trompetete und auch der Hausherr selbst in seinen Grüntee pustete, war Hambeck klar, dass er angesichts der bevorstehenden Berichterstattung über den Amoklauf nichts anderes empfand als eine Art Freude auf den Hauptfilm. Es war eine Vorfreude, die sich seit der Meldung im Autoradio den Tag über gesteigert hatte und die wesentlich auch durch die Erleichterung genährt wurde, von der Berichterstattung über die Krisenherde der Erde und den dazu zusammengerührten Phrasen aus »kommt nicht zur Ruhe« und »trafen zusammen« und »zeigten sich entsetzt« zunächst einmal verschont zu bleiben.

Die Dinge laufen stets vorhersehbar ab, dachte Hambeck und vorgeblich ungewöhnliche oder gar schockierende Ereignisse wie Naturkatastrophen, Attentate, Akademikerdiskussionen oder die Ehe- und Krankheitsschlachten der üblichen Halbprominenten sorgten vor allem dafür, die so genannte Bevölkerung vor Langeweile nicht umkommen zu lassen. Das war so weit nichts Neues und ließ sich sogar stammesgeschichtlich erklären, die Menschen waren halt so, und die absolute Sicherheit, dass es so im besten Fall immer weiterginge, erzeugte selbst in Hambeck trotz der seltsamen Lage, in der er und seine Leute sich befanden, einen wohligen Schauer.

Er war sich wie die meisten seiner Fernsehkollegen sicher, dass in den Zeitungsredaktionen die traurigsten Menschen jene waren, die in den Nachrichten- und Vermischten-Ressorts die so genannte Wirklichkeit aufbereiten mussten, die darüber regelmäßig dem Alkohol oder den üblichen Depressionen verfielen und tückisch und bösartig wurden. »Idioten reinsten Wassers«, wie er fand, waren besonders die Menschen, die nicht im Hintergrund arbeiteten, sondern ihre Gesichter in die Kameras hielten und so der Öffentlichkeit zur Verfügung stellten. Sie löffelten mit allen Konsequenzen die Suppe aus, die sie sich selbst und der Öffentlichkeit vorgesetzt hatten. Jedes ihrer vielen gesprochenen und dann gesendeten Worte wurde in den Zeitungen umgehend ihnen selbst sowie der ganzen Öffentlichkeit noch einmal zum Fraß vorgeworfen, und wenn sie einen besonderen Mist dahergeredet hatten, mussten sie sich am nächsten Tag auf der Straße von Rentnern oder anderen Menschen, die viel Zeit und schlechte Laune hatten, auslachen oder beschimpfen lassen.

Die furchtbarsten Figuren hatte Hambeck aber weniger

unter den Fernseh- oder Radiokollegen als unter den Zeitungsjournalisten ausgemacht. Hier arbeiteten jene, die sich ständig über die Flüchtigkeit und den Narkosecharakter der visuellen Medien in jeder Spaltenbreite erregten. Das hinderte sie nicht daran, für einen Kurzauftritt in den zwergenhaftesten Sendern beschwerliche Reisen und eine, gemessen an den schönen Gehaltsstandards der sendenden Klasse, höhnische Bezahlung in Kauf zu nehmen. Sie vergaßen auch nicht, vorher zu Hause den Videorekorder zu programmieren, damit sie hinterher ihre peinlichen Auftritte noch einmal anschauen konnten.

Natürlich hatte Kalb Recht gehabt, als er Hambeck und Bug bat, ihm keine Zeitungsjournalisten mehr in die Sendung zu schicken. Zu selten saß da mal einer, der unfallfrei von seiner Arbeit oder seinen Ansichten erzählte und ansonsten klugerweise den anderen das Wort überließ. Häufiger waren zur Freude der rachlustigen Fernsehleute großspurige Zausel geladen, deren Stimmen, sobald man sie durch ein Mikrofon hörte, mit dem Pathos schlecht gestimmter Kirchturmglocken umherdengelten, und deren Gesichter, bei Großaufnahme betrachtet, stieläugig jenem Nichts zugewandt waren, aus dem sie kamen.

Zur sekundenschnellen Entzauberung von Zeitungsmenschen, fand Hambeck, muss man diese nur in ein Fernsehstudio setzen.

Aber insgesamt hatten die Journalisten, fand Hambeck, mehr Verständnis und Dankbarkeit verdient. Pausenlos wurden sie geprügelt und mussten ihre gesetzlich verbrieften, wenn auch unklar definierten Freiheiten verteidigen. Aber sie selbst waren es schließlich, dachte Hambeck, die das duale Prinzip aus Fatalismus und Aktionismus auf ihren Zeitungsseiten und in ihren Fernsehmagazinen postulierten.

In den Spätnachrichten wurde der Amoklauf dann in der

Tat so magenfreundlich aufbereitet, wie Hambeck es gewünscht hatte. Einerseits trauerte er anschließend maßvoll um die Toten, verspürte keine Schuldgefühle, dachte, dass *er* ja niemanden erschossen habe, andererseits wärmte ihn ein hübscher Grusel, den die Menschen seit den Tagen kennen, als sie noch in Höhlen saßen und sich lausten, während draußen ein gereizter Halbaffe Artgenossen zu Brei schlug.

Wenn man ein altes Auto in die Schrottpresse gibt, kommt hinterher ein Würfel heraus, der die meisten Betrachter beeindruckt. Zunächst einmal ist interessant, wie viel Luft in so einem Auto war und wie klein der Würfel nun ist. Außerdem nimmt er nicht viel Platz weg und lässt sich verstauen. Solche Würfel hatten Kalb, wie er Hambeck einmal erzählte, als Kind bei einem Internatsausflug in die städtische Schrottpresse begeistert, und später erinnerten Kalb die Fernsehnachrichten an eben diese im Sonnenlicht funkelnden Blechwürfel.

Die Spätnachrichten an diesem Abend boten jedenfalls verschiedene ehrenwerte, aber zweitrangige Politiker auf, die sich über die Waffengesetze Gedanken machten und irgendwelche Forderungen wiederholten, die sie vor langer Zeit schon einmal erhoben hatten. Ein Arbeitspsychologe machte sich Gedanken über die ursprüngliche Verfassung des Amokläufers. Dann schwenkte die Kamera noch einmal über den Tatort, Zeugen sprachen von der Tat, zwei davon, wie Hambeck registrierte, mit einem Lächeln. Man sah den Innenminister, der herumstand und weinte und dann über seine Gefühle Auskunft gab. Schließlich gab es einen Kommentar, in dem ein Journalist sich fragte, wie weit es grundsätzlich gekommen sei und ob man die Antwort statt bei Gott, nicht bei sich selbst suchen müsse. Dazu seien nun alle aufgerufen.

Mehr, fand Hambeck, kann man von den Nachrichten nicht verlangen.

Hambeck schaute zu Kalb und sagte: »Wahnsinn.«
Kalb lächelte.

Trotz des Amoklaufs in der Stadt konzentrierte sich die Berichterstattung der Publikumsmedien weiter auf Kalb.

Er erhielt nun, nachdem eine Woche vorüber und seine Sendung erstmals ausgefallen war, achtundsiebzig Anfragen von Fernsehsendern und verschiedenen Blättern für Interviews, sieben Einladungen zu eigentlich politischen Talkshows und sogar eine Einladung in eine Talkshow nach Übersee. Sein Kopf zierte zwei große Illustrierte, in denen Psychologen, Soziologen und Verhaltensforscher Kalbs Schweigen wesentlich als stummen Protest gegen die Welt, in der er lebte und arbeitete, werteten, einige der Experten sogar als Protest gegen die Welt und ihre Existenz insgesamt.

Die Boulevardblätter entrüsteten sich noch eine Weile über die von ihnen selbst erfundene Geschichte mit der Frau Hedwigsthaler, sie verabschiedeten sich aber nach und nach von der Mord-durch-Selbstmord-Theorie, zumal die depressive Mutter der Frau Hedwigsthaler sich am achten Tag in einem Fernsehmagazin zu Wort gemeldet und versichert hatte, dass ihre Tochter noch einen Tag vor dem Suizid bei ihr gewesen sei. »Wenn die Demütigung durch Kalb ausschlaggebend für ihren Lebensüberdruss gewesen wäre, hätte sie mir davon erzählt. Ich glaube das alles nicht«, hatte die Frau gesagt, die in einem Heimzimmer saß und einen Aufkleber am Fußende ihres Bettes hatte, auf dem geschrieben stand: »Arbeit adelt, ich bleibe bürgerlich.«

Mit der Aussage der Frau entfiel ein allgemeinverständlicher und dazu spannender Grund für die Wortlosigkeit des Moderators, was einige Blätter vor Probleme stellte, eher Tiefschürfendere aber vor neue Aufgaben. So oder so wurden die Wagenlager vor Kalbs Firma und vor seiner Wohnung erst einmal nicht kleiner, und so oder so taperte auch der Fotograf Malte Kapussnik mit Eifer und seinen gefrorenen Erdbeeren durch jene Lager und führte Gespräche mit den Kollegen, was Hambeck mal von Kalbs Wohnungsfenstern aus, dann aus seinem eigenen Büro herausschauend verfolgte.

Immerhin, an einem jener Tage brach ein Abwasserrohr im Treppenhaus des Würfels 7, Bug rief: »Ich stehe bis zu den Hacken in der Scheiße, die Scheiße läuft die Treppe runter zur Musikproduktion im Erdgeschoss!«, und einige jener Reporter, die vor dem Würfel tagelang darauf gewartet hatten, dass etwas passiert, hatten ihre Hilfe angeboten. Als die Feuerwehr eintraf, stand auch Malte Kapussnik mit einem Eimer im Treppenhaus und befehligte einige junge Menschen aus der Musikproduktion hinaus.

Vermeldet wurde der Rohrbruch, der die Innereien der Produktionsräume verschont hatte, in den Blättern nicht. Lediglich eine Randnotiz spielte mit dem Empfindungsreichtum eines jungen Sängers, der nach der Flucht durch das Treppenhaus in seinem Hotelzimmer gegen den Schock behandelt werden musste und am Abend nicht mehr in der Lage gewesen war, seinen Auftritt aufzeichnen zu lassen.

Sonst war nichts gewesen, es roch allerdings noch lange modrig in Würfel 7. Und Alma klatschte Hambeck auf die Wange und sagte: »Endlich bekommt ihr den Geruch, der euch zusteht.«

18

Wenn man den Wind nicht abstellen kann, sollte man ihn wenigstens nutzen.

Hambeck wusste, dass die Sender und vor allem die Blätter so lange nicht aufhören würden, mit den Geschichten über Kalb ihren Staub in die Welt zu pusten, bis sie sich ermattet einer anderen Katastrophe zuwenden konnten. Noch aber waren keine anderen Katastrophen in Sicht, es fehlte schlicht einer der üblichen Prominenten, die ihre üblichen Tragödien an die Blätter verkauften, um sich ihrer Existenz zu vergewissern.

Insgesamt waren die Blätter und die Sender mit Kalb bisher exakt so umgegangen, wie Hambeck es erwartet hatte. Sie hatten erst aufgeschrien, dann hatten sie sich empört, dann hatten sie verdächtigt, dann hatten sie angefangen, nachzudenken.

Anders als Bug, der fast täglich beim Blick durch die Blätter Rache schwor und einige Journalisten und vor allem Fotografen bedrohte, so sie ihm leibhaftig erschienen, hielt Hambeck nun eine Zusammenarbeit für angebracht und verhandelte darüber zunächst mit dem Intendanten und dann mit Kalbs Leuten. Wenn man an geeigneter Stelle die so oder so rätselhafte Wahrheit über Kalb einspeiste, oder zumindest den vielen Unwahrheiten, die schon in Umlauf waren, den Boden entzog – so konnte sich die ganze Lage womöglich ein wenig beruhigen.

Der Intendant wollte die kommenden zwei Dienstage internationalen Fußball senden, den darauf folgenden Dienstag wollte er selbst nutzen, um eine Gesprächssendung mit einem Philosophen zu moderieren, der an diesem Tag eine Auszeichnung erhalten würde. »Es ist sowieso an der Zeit, lieber Hambeck, dass ich mein Gesicht mal wieder in die Kamera halte, nicht wahr!«

Das fand Hambeck nicht, aber der Intendant übergab immerhin großherzig die vertraglichen Fragen an den Justitiar des Senders, der arbeitete mit Kalbs Anwalt ein paar Klauseln für alle möglichen Fälle aus. Unter der Hand einigte man sich darauf, Kalb erneut auf Sendung gehen zu lassen, wenn er wieder sprach. »Womöglich kommt uns Ihr Meister entgegen und macht eine Gala, nicht wahr, zu einem etwas weniger erheblichen Preis?«, sagte der Intendant zu Hambeck. Der entgegnete, ja, da ließe sich dann bestimmt was machen.

Gegen einen gezielten Auftritt Kalbs und Hambecks in den Medien hatte der Intendant nichts einzuwenden. Alma fand die Idee sogar nahe liegend. Die Diskussion mit Kalbs Leuten dauerte ebenfalls nur kurz. Selbst Bug hielt die Idee eines einmaligen Medienauftritts nun für gut. »Fragt sich nur, ob wir in die Zeitung gehen, dann verpufft es ein wenig, oder wir gehen in die Glotze, dann plärren die Zeitungsärsche wieder, weil wir ihre Anfragen abgelehnt haben.«

Dies war in der Tat das ewige Problem, aber Hambeck fand, dass es wieder einmal an der Zeit sei, um die Meister des gedruckten Wortes, die in ihren winzigen und mitunter sogar fensterlosen Büros versonnen in Aktenordnern mit alten Artikeln blätterten wie Sterbende im Katalog ihrer letzten Erinnerungen, ein wenig zu demütigen.

Vor allem von der ernsteren und so genannten Qualitätspresse hatten sich inzwischen die Anfragen gehäuft. In der Qualitätspresse, dachte Hambeck, arbeiten die mit Abstand traurigsten Kollegen. In der Qualitätspresse regiert nicht die Lust, sondern die Angst.

Die Redakteure der Qualitätspresse versprachen Hambeck, wie es ihre Art war, dem schweigenden Kalb mit der gebotenen Sorgfalt nachzugehen. Man wolle Kalb »gerecht« werden. Ob Hambeck schon aufgefallen sei, was man alles »nicht gebracht« habe in den vergangenen zwölf Tagen: keine Bilder von den Kindern, keine von Alma, keine Drohungen, keine Glossen, zumindest keine unfairen, wie man sagte.

Die Qualitätspresse stand da wie ein frisch geduschter und seniler Greis im Altenpflegeheim, der noch ein Küsschen haben wollte, bevor er ins Bett geht.

Im Gegensatz zu den bäuerlichen Drohungen der Kollegen vom Boulevard waren die Anfragen der Qualitätspresse in einem verzärtelten und zittrigen Ton gehalten. Es regierte etwas Asexuelles in diesem Ton, wieder regierte die Angst. Es waren Erinnerungen an alte Zusammenkünfte eingestreut, außerdem wurde stets auf die gute Sekundärwirkung des jeweiligen Blattes hingewiesen, alle würden ja von eben diesem Blatt abschreiben, ins Fernsehen könne Kalb doch dann immer noch, da nehme er sich nichts weg.

Hambeck ließ sich noch einen ganzen Nachmittag Zeit und studierte die vielen Anfragen der Zeitungskollegen, telefonierte auch mit dem einen oder anderen, gelegentlich sogar stundenlang, gerne rief er kurz vor Redakionsschluss in den Stuben der Redakteure an, wissend, dass diese fast umkamen vor Arbeit und von cholerischen Chefredakteuren bedroht wurden, nun aber nicht umhinkonnten, mit zarten Stimmen durch den Hörer zu pusten, nein, Hambeck störe gerade nicht, im Gegenteil.

Mit einem der Qualitätspressevertreter wurde Hambeck vorläufig handelseinig. Hambeck war mit Alma und Kalb am Fluss gewesen, sie waren nicht mit dem Wagen zurück in die Stadt gefahren, sondern gelaufen. Kurz vor Almas Wohnung bog eine kleine Gesellschaft um die Ecke, die mehr als manierlich aussah.

»Das ist doch der Fröhlich, und der Rest muss seine Verwandtschaft sein. Wie sie daherkommen! Wie nach einem Kirchenbesuch auf dem Lande, wo die Luft noch sauber ist.«

Auch Kalb schaute aufmerksam, wer sich näherte.

Hambeck erinnerte sich, dass der junge Qualitätszeitungsjournalist Fröhlich stets einen verwegenen Eindruck erweckt hatte, hier im Kreise seiner Lieben kam er allerdings sehr geputzt daher.

Den Fröhlichs stand im Verein der Mund offen, der junge Fröhlich fuhr sich sogleich durch die mit Haarwasser benetzte Frisur, die ausschaute wie ein Zierkissen, um eine gewisse Unordnung wieder herzustellen, bemühte sich ansonsten aber um die Vorstellung seiner puppenhaften Verwandtschaft, die sich in einem fort mit »Fröhlich, freut mich« vorstellte. Nur eine dicke, kleine Frau mit grauen Zähnen sagte »Kerneisen, sehr erfreut«, offenbar angeheiratet, dachte Hambeck.

»Ja, Mensch, Fröhlich, gestern haben wir noch telefoniert, hier ist der Übeltäter«, sagte Hambeck und schaute zu Kalb, der die Fröhlichs und die Frau Kerneisen nahezu begeistert musterte.

»Kalb, Sie machen mir gar keinen kranken Eindruck«, säuselte der junge Fröhlich, »was?«

Alma sagte zu Fröhlich: »Kommen Sie doch schnell auf einen Tee hoch!« Leider könne in Kalbs Wohnung nicht die ganze Familie bedient werden, dazu fehle es praktisch an allem, andererseits sei man doch gerade mit dem jungen Fröhlich stets besser gefahren als mit den meisten seiner Kollegen, und so habe man mal die Gelegenheit, sich zu revanchieren, wenn sie auch den »Kollegen Fröhlich« ermuntern müsse, nicht alles unabgesprochen zu Papier zu bringen. Darüber müsse man dann im Fall der Fälle noch verhandeln. Aber grundsätzlich spreche unter Umständen nichts dagegen, dass man sich für einen Artikel verabrede, um weiteren dummen Falschmeldungen den Boden zu entziehen. Die Wirklichkeit sei ja doch meist nicht so exaltiert, wie die Zeitungsleute das gern hätten.

In Kalbs Wohnzimmer kam Alma mit einem Tablett ins Wohnzimmer, zog ihre Schuhe aus, machte es sich neben dem jungen Fröhlich bequem und goss Tee ein. Sie fragte den jungen Fröhlich, ob er finde, dass sie schöne Füße habe.

»Ja, aber sicher, Frau Kalb, sicher haben Sie schöne Füße. Diese Füße können sich sehen lassen, sie erinnern mich sogar an ein Essay, das der Kunsthistoriker Topf vor einigen Jahren für die Betrachtenden Hefte schrieb, die ja nun leider inzwischen eingestellt worden sind. In dem Essay Topfs ging es um die Füße der Göttlichen Mutter in dem Bildnis des …«

»Was ist das für ein Tee, Alma?« Hambeck meinte Geschmack von Fleisch und Diesel und aber auch etwas Blütenhaftes zu erahnen, aber in jedem Fall war dies ein außerordentlicher Tee, der nicht mal so eben daherkam.

»Von Grubenbecher, Hambeck, hat er uns mitgegeben, wir sollen mal probieren, weiß nicht, lecker. Oder? Doch. Oder?«

»Interessant, dieser Tee schmeckt interessant«, sagte der junge Fröhlich, stellte die Tasse ab und lächelte. »Ich will mich hier mal nicht aufdrängen übrigens, wenn Sie meinen, schreibe ich gar nichts, wir sitzen ja sozusagen einfach so hier. Topf jedenfalls schrieb damals über die Füße der göttlichen Mutter …«

»Sozusagen einfach so hier«, sagte Alma und nahm sich einen Keks.

»Ja, ich meine, Sie waren so nett und haben mich eingeladen, darauf war ich nicht vorbereitet, wenn mein Chef mich jetzt sehen könnte, wobei der hat im Moment auch andere Sorgen, aber na ja, wer nicht.«

Kalb lief in die Küche. Hambeck schlich ihm nach und sah, wie Kalb die Teetüte studierte, dann die Nase in die getrockneten Blätter steckte, tief einatmete. Schließlich stellte er die Teetüte ruckartig wieder auf die Anrichte und schloss die Augen. Dann setzte er sich auf den Boden.

»Kalb?«

»Was ist, Hambeck? Kommt ihr klar da?«

»Er sitzt auf dem Küchenboden.«

»Lass ihn! Hambeck, Fröhlich erzählt gerade, er habe im Lokalsport sein Volontariat begonnen und sei vom Sponsor eines Dorfvereins mit einem Schwert angegriffen worden. Der Journalismus ist ein so gefährlicher Beruf, Hambeck!«

Hambeck ging ins Wohnzimmer zurück und trank erneut einen Schluck Tee. Er war sich nicht sicher, meinte aber nun zu sehen, wie der junge Fröhlich sich grün verfärbte und dann mit der Stirn auf die Tischplatte schlug.

»Oh«, sagte Alma, »der junge Fröhlich ist in Not.« Nun trat sie Hambeck, der Mandolinen spielen hörte, in Scheiben geschnitten gegenüber. Die Scheiben fächerten mal in diese und mal in jene Richtung, Almas Haar wehte zur Decke, ihre Kleider lösten sich, dann trat sie Hambeck nackt entgegen, presste seinen Kopf gegen ihren Busen und rief: »Ich bin gepixelt, Hambeck, unser Sein ist digitalisiert und beliebig miteinander zu verrechnen. Nehmen Sie doch noch etwas mehr von der Litschimarmelade, junger Fröhlich. Ein Geschenk des Hauses für die kleine Unanehmlichkeit beim Betreten der Bahnsteigkante. Der Kindersitz bietet optimalen Komfort, ist beliebig verstellbar und bietet trotz leichter Werte optimalen Geschmack auch bei hohen Umdrehungen. Nämlich: Einmal im Internet, immer im Internet! Wollen Sie, dass diese Warnmeldung weiter angezeigt wird, so klicken Sie auf JA, wollen Sie dies nicht, so klicken Sie auf NICHT MEHR ANZEIGEN. Hambeck, küss meinen Bauch, ich habe ihn extra mitgebracht. Er ist aus reinem Kerneisen!«

Hambeck sah zerplatzende Flakons, dann ließ er sich auf einen Holzstuhl fallen, er dachte an ein Gespräch mit Kalb, das sie vor kurzem geführt hatten, es ging um die Wirkung von Moschus. Dann sagte er: »Die so genannten Nitromoschusdüfte wie Moschusxylol und Moschusketon ersetzen in fast jedem zweiten Kosmetik- oder Waschmittelprodukt natürlichen Moschus, der aus den Drüsen des Moschusochsen gewonnen wird. Inzwischen findet man die künstlichen Zusätze im Fettgewebe des Menschen, aber auch in Muscheln, Fischen, Ratten und natürlich Tauben, da vor allem, wenn Sie bitte weiter zuhören würden, stricken können Sie zu Hause, was meinen Sie denn, wie die Menschen das auf die Tauben und die Scheißtauben dann wieder auf die Menschen übertragen, hm? Jedenfalls alles, was riecht und duftet, enthält polyzyklische, also künstliche Moschusverbindungen, so genannte Polyzyklen. Überall reichern sich nun diese Polyzyklen an und sorgen für Unruhe im Gewebe!«

Der junge Fröhlich lag noch mit dem Gesicht auf dem Tisch, fragte aber: »Und dann?«

Hambeck rief: »Und dann? Krebs natürlich! Gewebekrebs! Fröhlich! Junger Freund!«

Er hörte nun eine Mandolinenarmee, im Sumpf gedeihten blutrote Blätter, auf dem Sumpf schwebend Alma, ihre zarte Haut berührte nie den Boden, das Licht schoss durch die Blätter und spielte Orgel, die Mandolinen machten ein Bäuerchen, dann rollte sich die Tischdecke mit dem Teetablett zusammen zu einem bonbonfarbenen Geschenkkarton, der explodierte. Ein Helikopter krachte herbei, hunderte schwarze Hunde rutschten an Fallseilen herunter, die Hunde pissten auf den brennenden Wohnzimmertisch.

Almas Fächer fügten sich wieder zusammen, sie sagte: »Na, das ging ja gerade noch mal gut. Aber auch hier gilt: Du musst reinkommen, wenn du wieder rausgelangen willst, du musst erst einmal reinkommen, wenn du wieder rausgelangen willst.« Der junge Fröhlich hob sein grünes Gesicht vom Tisch, schaute zu Alma und zog sich aus.

Hambeck erwachte, mit übereinander geschlagenen Beinen auf dem Holzstuhl sitzend, in tiefer Nacht. Alma lag nackt auf dem Boden, deutlich entfernt daneben, aber ebenfalls nackt, lag der junge Fröhlich.

In der Wohnzimmertür stand Kalb und machte einen schmalen Mund.

Der Regisseur trug das Tablett mit dem Rest des Tees in die Küche und nahm sich dort ein Glas Wasser. Auf dem Rückweg sah er, wie Kalb Alma sorgsam eine Bettdecke überwarf, dann zog er den jungen Fröhlich ein wenig zur Seite und legte dem Journalisten Hemd und Hose über den Körper.

Dann legte er sich auf das Sofa und schlief ein.

19

Nach tagelangen schriftlichen Verhandlungen mit einem Qualitätspressevertreter, während denen man sich unzählige Fragen und Antworten gefaxt hatte, stellte Hambeck das Telefon laut, sodass Kalb und Bug und die Strohkamp und die Böck mithörten.

»Also sehr gut«, quakte der Qualitätspressevertreter schließlich: »Ich bin so glücklich, ich bin auch so sicher, dass wir da morgen was Schönes hinkriegen, es wird etwas sein, woran sich die Leute erinnern, Hambeck. Mensch, schön!«

Dann legte Hambeck auf und sagte der Löffelholz, sie solle dem Qualitätspressevertreter eine Mail mit einer Absage schreiben, die am nächsten Morgen früh um 8 Uhr, zwei Stunden vor dem geplanten Interview, abgehe.

»Wieso?«, fragte Bug.

»Weil wir nicht hingehen. Wir gehen ins Fernsehen.«

Hambeck warf die vielen Faxe, die er sich mit dem Qualitätspressevertreter hin und her geschickt hatte, in den Papierkorb: »Ein bisschen Spaß muss sein.«

Die Strohkamp, die Böck und auch Bug bekamen sich

vor Freude über ihren lustigen und erfahrenen Regisseur kaum ein.

Kalb lächelte, wenn natürlich auch unklar blieb, worüber.

Kalbs Leute entschieden sich schließlich für die Sendung der Kollegin Langhoff, nicht nur weil diese auf demselben Studiogelände wie Kalb produzierte und man so eine strapaziöse Reise vermied, auch, weil die Langhoff ein paar Tage zuvor zwei alten und Hambeck zufolge »schon seit fünfzig Jahren vollkommen überschätzten« Schriftstellern gesagt hatte, sie ertrage deren Jammerei nicht mehr.

Die beiden Zausel hatten sich in ihrer Sendung ausgiebig über die Macht des Fernsehens beklagt, welches ein »Skandalisierungsmedium« sei, was Hambeck nicht verstanden hatte, weil er fand, dass das Fernsehen eben kein Skandalisierungsmedium, sondern ein ausschließlich langweiliges Medium sei, in dem alles immer absehbar und nichts überraschend ist. Kontrollgremien reglementierten hier bescheidene Ausstöße von diesem und jenem, mehr war ja nicht, dachte Hambeck, außer vielleicht, dass man mal etwas erfuhr von einem Punkt der Erde und dann Geld spendete, da es den Menschen dort offenbar nicht gut ging.

Die beiden Schriftsteller hingegen erinnerten an einen ihrer Kollegen, dessen Tod vor laufender Kamera das Fernsehen ausgestrahlt habe, auch erinnerten sie an das »stumme Dahinscheiden des armen Kalb«. Sämtliche Fernsehsendungen zusammen ergäben eine »Semiotik der Tücke, der Lüge und letztlich des Grauens«, alles sei ganz furchtbar.

Einer der beiden, der gerade ein neues und, wie Hambeck fand, selbst für seine eigenen Verhältnisse extramiserables Buch veröffentlicht hatte, schimpfte zudem über die Literaturkritiker, mit denen zu reden er sich bis in die

Ewigkeit von nun an weigern werde. Hambeck wünschte sich von der Langhoff nur den einen Satz: »Das glauben Sie doch selbst nicht, was Sie da reden.«

Dann sagte die Langhoff: »Das glauben Sie doch selbst nicht, was Sie da reden.«

Hambeck rief: »Kalb, wenn ich doch noch mal heiraten sollte, dann die Langhoff.«

Kalb hatte die Sendung mit seinem üblichen Lächeln aufgeräumt verfolgt und einmal war von ihm sogar ein grunzendes Kichern zu hören gewesen. Er schien nicht nur den aufgebrachten Schriftstellern Herzenswärme entgegenzubringen, sondern auch der Langhoff. Sicher war Hambeck sich da natürlich nicht, Kalb war womöglich abgerückt in eine Parallelwelt, und fast erschien es seinem alten Regisseur in jenen Tagen und Wochen, als beobachte Kalb die Wirklichkeit um ihn herum aus der Sicht eines allein in seinem Wohnzimmer sitzenden Fernsehzuschauers. Immer stärker machte er auf Hambeck den Eindruck, als greife er irgendwann zur Fernbedienung und knipse all das, was ihn umgab, nach einem Lächeln und einem Gähnen aus, streife die Hausschuhe von den Füßen und gehe in ein fern jeder Wirklichkeit herumschwebendes Bett.

Wer Kalb war, selbst wie er aussah, erschien Hambeck immer rätselhafter, da Kalb imstande war, seine Erscheinung und sein Wirken stets in einer Bedeutungsschwebe zu halten, sodass seine nähere Umgebung sich immer schwerer tat, sich ein Bild von diesem schon immer etwas rätselhaften, aber einst doch nahen Menschen zu machen.

In seinem Büro sagte Hambeck: »Kalb, Mittwoch schweigst du seit über zwei Wochen. Wir gehen zur Langhoff, du und ich, hm?«

Kalb drückte mit den Fingerspitzen seine Nasenflügel zu und blies Luft in die Nase. Er wurde rot.

»Mein Gott«, sagte die Böck, »was macht er denn jetzt?«

Kalb wurde nun sogar mohnblumenrot. Bug stand auf, Hambeck bedeutete ihm, sich wieder hinzusetzen. Dann nahm Kalb die Hände von der Nase und stöhnte tonlos. Womöglich hatte er die Ohren von Druck befreit.

»Heißt das Ja, Kalb?«, fragte Hambeck.

Kalb schaute aus dem Bürofenster hinaus, vor dem Kapussnik gerade seine Objektive reinigte.

Hambeck nahm die Beine vom Tisch. »Gut, dann gehe ich gleich mal zur Langhoff rüber.«

20

Zwei Tage vor der Langhoff-Sendung, in der Kalb gemeinsam mit Hambeck auftreten und so einigen letzten Gerüchten die Nahrung entziehen sollte, meldete sich Kalbs Mutter Hedwig zuerst bei Alma und dann bei Hambeck.

Hedwig Kalb hatte eine mehrwöchige Reise gemeinsam mit mehr oder weniger gleich gesinnten und vor allem finanziell ähnlich üppig gestellten Damen abgebrochen, als sie an einem unwirtlichen und schwer zugänglichen Ort, an dem es ihr trotzdem an nichts mangelte, von ihrem schweigenden Sohn erfuhr. Auf einigen Umwegen war sie zurück ins Land und dann in die Stadt gekommen, hatte bei Alma telefonisch einige Informationen abgeholt und sich bei Hambeck angekündigt.

Tags darauf saß sie in einem beigen Kostüm im Büro des Regisseurs, in dem auch Bug saß, und konnte mit nichts etwas anfangen. »Der Junge hatte ja doch viel um die Ohren. Seit er Alma nicht mehr hat, muss er ja schauen, wie er klarkommt. Und die Sache mit den Kindern belastet ihn ja nun. Und Alma war zwar ein gebildeter, aber auch schwieriger Mensch. Hat er denn immer genug gegessen und getrunken, Hambeck? Ist er dehydriert? Man dehydriert, wenn man nicht genug trinkt.«

Hambeck bot Hedwig Kalb einen Tee an, aber sie redete und redete und hörte nicht, was er sagte. Nach einer halben Stunde stand Kalb plötzlich selbst im Büro, lächelte wie gehabt und begrüßte die Mutter dann mit einem Wangenkuss.

Hedwig Kalb schaute ihren Sohn an, dann sagte sie: »Das sind ja Geschichten.«

Es war nicht Kalb, der wirkte, als habe er etwas ausgefressen. Es war die Mama, die wirkte, als habe Kalb etwas ausgefressen. Einige Minuten lang verfolgte Kalb, wie seine Mutter mit hastigen Seitenblicken auf ihren Sohn von der Reise berichtete. Dann schlief er ein.

Hambeck sagte: »Jetzt geht das wieder los.« Er fand nun alles ersichtlich mühsam, Kalb lächelte oder schlief, so war kein Staat mehr zu machen, und nun auch noch die Mutter, die im Gegensatz zu ihrem Sohn redete und redete, jetzt aber angesichts des eingeschlafenen Jungen ihre Ausführungen unterbrach. Sie schaute zu Kalb, dann zu Hambeck.

»Das sind ja Geschichten.«

Der Einzige in der Familie, erzählte nun Hedwig Kalb, der eine Begabung wirklich habe isolieren können, sei ihr Mann gewesen.

»Leider ist Hagen wirklich zu früh gestorben.«

Vor 37 Jahren war Hagen Kalb mit seiner Violine nach Übersee geflogen. Einige Monate später war er tot.

Hedwig Kalb erzählte, ihr Mann habe eine Einladung erhalten, um an den Aufnahmen zu einer ungewöhnlichen Schallplatte mitzuwirken. Ein weithin berühmter Sänger habe die besten Musiker um sich scharen und für die leichte Sache gewinnen wollen, der Mann sei für Hagen bis dahin ein Antityp gewesen. »Dieser Mann war Hagen immer als ein lediglich Ausgekochter erschienen, er wollte da nicht hin.« Heute sei ja, was sie keinem mehr zu sagen brauche, die Aufnahme, die Hagen mit seiner Violine bereichert habe, so legendär wie der inzwischen verstorbene Unterhaltungskünstler auch. Aber sie sehe ihren Mann in den Wochen vor der Reise noch im Musikzimmer sitzen, »mit seinem seidigen Gesicht und seinen verspannten Lidern«, wie er in der Partitur geblättert habe, die zur Vorbereitung aus Übersee gekommen sei.

Lange habe Hagen Kalb in die Partitur geschaut, gelegentlich habe er mit dem Violinenbogen rhythmisch gegen den Partiturständer geschlagen, dabei habe er sich umgedreht und geschaut, ob sie oder der kleine Joseph ihn durch die Glasscheibe in der Tür beobachteten. »Er hat sich geschämt, das muss man sich vorstellen«, sagte Hedwig Kalb.

»Mitunter hörten wir, wie er Dadamm Dadamm sang, sehr, sehr leise, nach einigen Stunden erst hat er dann die ersten Melodien auf der Violine gespielt, Sachen, die ihm fremd waren, so südliche Miniaturen, die klangen in etwa so, wie alte Fotos von einem schönen Badeurlaub ausschauen, verstehen Sie?«

Hambeck schwieg. Kalb schaute zu seiner Mutter. Bug sagte, er habe die Aufnahme in zweifacher Ausfertigung, einmal als Schallplatte von seinem Vater, später habe er sich dieses zeitlose Meisterwerk aber auch noch als CD angeschafft, eine Aufnahme wie diese sei heute gar nicht mehr möglich, die Künstler gebe es ja nicht mehr, er habe aber nicht gewusst, dass Kalbs Vater auf dieser Aufnahme zu hören sei. Das sei ja ein Ding. Hambeck bat Bug, er solle jetzt mal die Klappe halten, der schaute umgehend auf den Boden und legte die Stirn in Falten.

Dann fragte er Hedwig Kalb: »Wieso ist er denn hin, wenn er keine Lust hatte? Kohle?«

Sie wischte mit der Hand durch die Luft. Dann nannte sie Bug einen »Dummkopf«. In der Tat sei die Teilnahme an der Aufnahme hervorragend bezahlt worden, aber ihr Mann sei von Haus aus wohlhabend gewesen und habe zusätzlich durch sein Violinenspiel ohnehin so gut verdient, dass es am Geld nicht gelegen habe. »Womöglich konnten Sie das nicht wissen, junger Freund. Vielmehr hatte die ganze Angelegenheit für Hagen so eine Art doppelten Boden. Irgendetwas faszinierte ihn, ja.« Ihr Mann habe sich dann, während er in Übersee an den Aufnahmen mitgewirkt habe, wochenlang kaum gemeldet, nur einmal am Telefon, alles sei umständlich gewesen, die Leitung schlecht. »Hagen sagte, es gehe ihm gut, und er sei ja bald wieder da.«

Als er zurück gewesen sei, habe ihr Mann auf sie einen »kopflosen Eindruck« gemacht.

»Er saß da und sprach noch weniger als zuvor. Immer hatte Hagen sich durch sein Instrument mitgeteilt, ich denke, wir sind uns alle einig, dass er dieses Instrument meisterhaft beherrschte. Also fragte ich ihn, was denn in ihn gefahren sei, der Joseph war auch schon recht verstört, weil Hagen ihn zwar auf den Schoß nahm und so Sachen, aber dann kaum etwas mit ihm anstellte.«

Hagen Kalb muss dann erzählt haben, dass der Unterhaltungskünstler, den er vorher für einen abgeschmackten Menschen gehalten habe, in der Tat eine windige Type sei. Andererseits habe der Unterhaltungskünstler die Fähigkeit besessen, mit nichts als seiner Stimme und in Liedern, die mitunter kaum länger als zwei oder drei Minuten gedauert hätten, etwas, wie Hagen Kalb gesagt hatte, »Diamantenes« zu erzeugen.

»Hagen erzählte, der Mann sei hineingekommen ins Studio, habe seinen Hut an den Ständer gehängt, ein wenig vom Ingwer-Tee genippt und dann ein bisschen Dideldum und Dabidabi gemacht, und schon sei jeder Kubikzentimeter des Raumes okkupiert gewesen, und immer, selbst in den tränenreichsten Weisen, sei dieser Mann ein federnd leichtes Versprechen gewesen, das immer und immer eingehalten worden sei. So etwas, sagte mir Hagen, habe er noch nie erlebt und werde es auch nicht mehr erleben.«

Hagen Kalb starb wenige Wochen nach seiner Rückkehr während einer Orchesterprobe. Er fiel vom Stuhl, sank auf das Gesicht, die Violine zerbrach unter seinem schmalen Körper. »Die Ärzte sagten: das Herz. Die Obduktion hatte nichts anderes ergeben.«

Die Beerdigung im Dom sei in hohem Maße feierlich gewesen, der Kulturminister habe eine anrührende und weithin zitierte Rede gehalten. Sie erinnere sich noch, wie tapfer der kleine Joseph die Prozedur durchgestanden habe, »du warst ja erst sechs, Junge, nicht«.

Der Kulturminister habe stets nicht die Trauergemeinde, sondern den Sarg angesprochen und ihren Mann habe er Hagen genannt und geduzt und »Hagen, du bleibst bei uns durch deine Musik« und so weiter.

»Joseph hat dann nicht begriffen, wieso der Kulturminister mit Hagen redet, und dachte, dann ist der Papa ja nicht tot.« Hedwig Kalb lachte.

Also sei der Joseph damals nach der Rede des Ministers zum Sarg gelaufen, habe seine Hände unter den Deckel zu schieben versucht und zwischen Deckel und Kiste seinen Mund gepresst. Dann habe Joseph gerufen: »Papa, jetzt kannst du wieder rauskommen.«

Man habe das Kind regelrecht abführen müssen, sie habe natürlich geweint, so sei das gewesen. Rührend, wenn so ein Kind versuche, den toten Vater wieder herauszuholen aus dem Sarg. Andererseits, so habe das Kind immerhin den Tod kennen gelernt und auch die Abstraktion, denn der Kulturminister habe ja in seiner Ansprache an den toten Hagen abstrahiert, und Kinder könnten nicht früh genug lernen, zu abstrahieren. Im Internat habe Joseph Kalb später eigentlich nie Probleme gehabt, auch wegen seines besonderen Abstraktionsvermögens sei ihm womöglich vieles leichter gefallen als anderen Kindern.

Sogar die Zeitungen hätten schließlich über den kleinen Joseph berichtet, der versucht habe, den Sarg seines Vaters zu öffnen, und dem die ganze Trauerfeier vorgekommen sein muss, wie etwas, das allenfalls halbernst vonstatten geht, weil man lässt ja einen Menschen nicht so lange in so einer Kiste, schon gar nicht den Vater, der noch dazu kurz zuvor lange weg gewesen und verreist war.

Der Kulturminister, erzählte Hedwig Kalb, hatte sich anschließend Vorwürfe gemacht, weil doch das Kind die Bedeutung des Todes nicht habe ermessen können, und dass er seine Rede so nicht hätte halten dürfen. Der Auftritt des kleinen Joseph habe damals viel Rührung und Anteilnahme verursacht. »Ja, Kinder eben, sie sind ja so.«

Das alles, sagte Hedwig Kalb nun, sei sehr traurig gewesen. Und noch einmal müsse sie betonen: »Hagen hatte eine einmalige, eine sehr isolierte Begabung. Es gibt heute noch kluge Menschen, die meinen, dass es einen Violinisten wie ihn nicht mehr gegeben hat. Er stand für etwas. Er war ein eigenes und regelrecht geometrisches Wertesystem. Was er tat, war eckig und dunkel und klar. Heute ist alles rund und bunt und trüb. Verstehen Sie, Hambeck?«

Heutzutage sei alles wischiwaschi.

Hambeck schwieg.

»Da ist was dran, klar«, sagte Bug.

Kalb stand am Fenster und schaute hinaus. Hambeck schaute lange Hedwig Kalb an, dann stand er auf und stellte sich neben Kalb. Morgen würde er gemeinsam mit diesem sonderbaren Menschen zu Professor Firn gehen, am Abend dann zur Langhoff in die Sendung.

Die Analyse bei Professor Firn, einem eulenhaften Psychologen, hatte Alma in die Wege geleitet. Zu Hambeck hatte sie gesagt, sie könne sich nicht mehr um alles kümmern, ihr sei inzwischen egal, ob Kalb noch einmal rede oder nicht.

Hambeck dachte, dass, wenn es nicht mehr möglich wäre, Kalb wieder zum Reden zu bringen, jetzt an der Auflösung der Produktion gearbeitet werden müsse.

So oder so werde man nun weitersehen. Entweder bringe Firn Kalb wieder zum Sprechen, wenn auch nicht schon morgen. Oder die Leute aus der Firma, die bis auf Kalb und ihn, Hambeck, finanziell eher noch nicht ausgesorgt hatten, mussten sich schon einmal umschauen, was vermutlich die meisten eh schon taten. Viele Kollegen machten in den letzten Wochen öfter mal beim Telefonieren die Tür zu.

Draußen standen einige Fotografen, ein paar machten Bilder, andere schauten einfach nur ins Fenster. Zwei, drei schrieben in die Blöcke.

Kalb wollte sich wieder vom Fenster abwenden, aber Hambeck hielt ihn fest.

Also schauten sie weiter hinaus, und also schauten die draußen weiter hinein. Irgendwann hörten die Fotografen alle auf, zu fotografieren, und irgendwann hörten die Schreiber auf, zu schreiben.

Und auch Hedwig Kalb und Bug kamen ans Fenster, alle standen sie nun da und schauten hinaus und sagten nichts. Und immer noch standen die draußen da und schauten hinein und sagten auch nichts.

Und machten keine Fotos mehr.

Und fingen nicht wieder an zu schreiben.

»Was wollen die eigentlich, Hambeck? Was wollen diese Menschen?«, fragte Hedwig Kalb.

Hambeck sagte: »Es werden schon weniger.«

Draußen nießte Kapussnik dreimal. Beim dritten Mal stieß er mit seinem Mund gegen den Sucher seiner Kamera. Blutete er, oder schmolz wieder nur eine seiner Erdbeeren? Hambeck dachte, dass auf die Entfernung immer alles schwer festzustellen war.

An dem Tag, an dem er mit Kalb zu Professor Firn fuhr, zog er aus Kalbs Wohnung aus, würde aber gelegentlich schon noch vorbeikommen.

Man kann sich nicht immer um einen Menschen kümmern, dachte Hambeck, und dass Kalb unberührbar sei und dass es nun an ihm, an Hambeck sei, auch den anderen in der Firma seine Zuneigung zu schenken. Von Kalb kam nichts zurück. Man würde wohl warten müssen. Und womöglich würde man irgendwann nicht mehr warten, sondern sich abfinden müssen.

Am Vortag hatte Hedwig Kalb noch Alma und ihre vier Enkel und Enkelinnen besucht. Alma erzählte Hambeck später davon. Die Kinder bekamen Spielzeug geschenkt, für das man Batterien brauchte. Alma hatte keine Batterien. Hedwig Kalb hatte sowieso keine Batterien. »Wieso sollte ich Batterien haben, na, Alma, du machst Sachen.« Die Kinder waren sauer.

Alma war froh, als Hedwig Kalb wieder weg war. Und Hedwig Kalb teilte mit, sie fahre nun mit dem Zug wieder in ihre Heimatstadt. Man möge sie auf dem Laufenden halten.

Sie liebe ihren Sohn, »natürlich«.

Sie könne aber offenbar kaum etwas für ihn tun.

»Mit mir redet der Junge ja nicht.«

21

Am Tag seines Besuches bei Firn hatte Kalb wie immer früh geduscht und sich in seinen Morgenmantel gewickelt. Er blätterte wie immer in den Zeitungen, die ihm nach Hause geschickt wurden, und die er in Zeiten, als er noch sprach, mit einigen abfälligen Zischlauten bedacht und dann ins Altpapier geworfen hatte.

Aber Hambeck, der mit ihm am Frühstückstisch saß, bemerkte, dass Kalb vor allem die ihn selbst betreffenden Artikel nur überflog. Bei einigen dieser Artikel schaute er lediglich das Foto an, das von ihm gemacht worden war. Heute zum Beispiel erschien in einer Qualitätszeitung ein Bild, das Kalb und Hambeck mit Kalbs Mutter und Bug am Fenster der Firma zeigte, und obwohl sich Hambeck erinnerte, dass Kapussnik hauptsächlich mit der Reinigung seiner Objektive und damit beschäftigt gewesen war, sich beim Nießen den Mund blutig zu hauen oder mit seiner Erdbeere herumzusabbern, stand unter dem Bild: »Kapussnik / Das Auge Gottes«.

Darunter stand auf jener Vermischtenseite eine relativsatzreiche und, wie Hambeck fand, eigenartige Bildanalyse, die ein Kollege vom Feuilleton zugeliefert haben musste. Die Bildunterschrift las sich, als habe zuvor ein großer Maler die drei Personen ans Fenster gestellt.

Es war zu lesen, dass dieses Bild weniger ein Bild sei als vielmehr ein Essay über die Liebe und die Sprache und die Sprachlosigkeit. Hambeck bemerkte, wie Kalb das Bild anschaute und dann aber den Text nicht las, sondern weiter unten auf der Seite einen Text über einen Hindernislauf für Hunde, der mit großem Erfolg ausgetragen worden sei. Sowie wiederum darunter einen über das rätselhafte Taubensterben in der Stadt.

Journalisten haben den nivellierendsten und dümmsten Beruf der Welt, dachte Hambeck, dann sann er darüber nach, wie ein Qualitätspressevertreter lebt, nachdem er eine Zeitungsseite wie diese hier gestaltet hat, in der ein Bild von Kalb und ein Text über Kalb steht, darunter ein Artikel über einen Hundehindernislauf und darunter ein Artikel über das Taubensterben.

Warum konnten die Hunde ihre lustigen Hindernisse nicht überwinden, ohne dass irgendwelche Idioten mit Fotoapparaten, Blöcken, Stiften, Laptops und Fernsehkameras in eigens dafür eingerichteten Sendezentren und Übertragungswagen, darüber berichteten? Und wieso ließ man die Tauben nicht in Ruhe sterben?

Kalb las also den ihn und auch seine Mutter betreffenden Text nicht. Und Hambeck schon nach wenigen Zeilen auch nicht. Dann rief Alma an und fragte Hambeck, wie es ihm gehe, und Hambeck sagte, dass er nun aus Kalbs Wohnung wieder ausziehe, aber schon noch gelegentlich nach dem Rechten schaue.

»Insgesamt geht es gut, Schätzchen, der Sender lässt uns ein wenig Zeit. Und dir?«

»Mir geht es auch gut, Hambeck«, sagte Alma. Man

könne sich nicht immer alles aussuchen. Die Kinder freuten sich auf das kommende Wochenende, wenn Kalb zu Besuch komme, »und so, wir fahren ja zum Fluss, es soll ja allerdings stürmisch werden.«

Kalb spiele jedenfalls viel mit den Kindern, rede zwar nicht, spiele aber mit ihnen. »Dann rede ich halt«, sagte Alma, »was soll man machen, die Kinder haben ihren Spaß mit ihm.«

»Ja«, sagte Hambeck. »Und ich fahre jetzt mit Bug und Kalb zu Firn. Dann werden wir mal sehen. Und übermorgen ist die Sendung bei der Langhoff.«

Alma sagte, das sei ja ein Programm. Sie sollten genug Proviant mitnehmen und gute Laune und nicht schon nach dem halben Weg kehrt machen. Tiefe Schönheit erblicke man eben doch erst auf dem Gipfel und nicht auf dem Weg dorthin.

Nicht der Weg sei das Ziel, sondern das Ziel sei das Ziel.

»Seien wir mal ehrlich, Hambeck.«

22

Auf dem Weg zu Firn, der seine Klinik einige Kilometer außerhalb der Stadt an den Rand eines Waldgrundstücks gestellt hatte, schauten Hambeck und Bug in die Rückspiegel, aber es verfolgte sie keiner.

Kalb aß im Auto drei Äpfel, die Hambeck an einer Tankstelle gekauft hatte, eigentlich für jeden einen, aber Kalb aß sie alle weg, bis zum Parkplatz der Klinik hielt er das abgenagte Obst an den Stielen in der linken Hand und ließ es dann in einen Mülleimer fallen. Danach säuberte er mit einem Taschentuch seine Hände und die Mundwinkel, seufzte, schaute in die Sonne eines turbulenten Spätherbstes, gerade eben hatte es noch geregnet. Kalb schloss die Augen.

Hambeck hatte das Gesicht des Psychologen Firn in der Zeitung und einmal auch in einer Fernsehdokumentation gesehen. Er hatte gedacht, dass Firn wie eine sehr alte Burg aussah, das musste an einer gleichzeitig fragilen wie auch festungsgleichen und verwinkelten Gesamtanmutung liegen, und die kam wiederum daher, dass die Gesichtsfalten des großen Mannes anders lagen als bei anderen Menschen: Seine tiefen Lachfalten verliefen nicht senkrecht neben den Mundwinkeln, sie lagen am Rande der Backen horizontal wie Hängematten, und Firns mächtige Stirnfalten stützten senkrecht das dichte weiße Haar. Auf der Nase saß bei Firn eine Brille, die seine Augen mächtig vergrößerte. Ein bisschen viel Klischee, dachte Hambeck, andererseits schaut er halt so aus.

Mit Blick auf die Vorbereitung für die Langhoff-Sendung und einer einigermaßenen psychischen Stabilisation sollte Kalb zunächst schon eine Nacht bei Firn bleiben.

Nachdem sie den Patienten in der Klinik abgeliefert hatten, bezogen Hambeck und Bug Zimmer in einem nahe gelegenen Landhotel, in dem sie nicht allein waren, sondern Gesellschaft hatten von Damen und Herren, die ihre verwirrten Angehörigen ebenfalls bei Firn abgegeben hatten. Die dort versammelten Herrschaften sahen beleidigt aus, sie schwiegen meist während der Mahlzeiten ebenso wie während ihrer herbstlichen Sonnenbäder oder Regenspaziergänge im Hotelpark. Bug sagte, er sei sich sicher, dass neunzig Prozent der dort geparkten Menschen ihre psychisch labilen Angehörigen lieber um die Ecke als zu Firn in die Klinik bringen würden.

Die meisten Menschen in diesem Landhotel waren zwar vom Leben reich beschenkt worden, haderten aber erheblich mit dem, was sie das Schicksal nannten. Die Menschen stiegen aus abgedunkelten und nach neuem Leder riechenden Limousinen. Die Damen erfüllten die Luft mit Veilchenessenzen, ihre roten Männer rochen nach dem Schweiß jahrzehntelanger Verantwortung, die sie übernommen hatten, obwohl ihnen durch Politik und Arbeitnehmerschaft nichts als Steine in den Weg gelegt worden waren. Zum Dank lagen die Kinder nun bei Firn auf der Wildledercouch und redeten gefährliches Zeug.

»Das muss man sich mal vorstellen«, sagte an der Rezeption eine alte Dame zu Hambeck, »der arme Junge spricht von blutigen Geschlechtsteilen und Gnomen, die mit Messern werfen. Und mein Mann ist jetzt magenkrank.«

»Tja«, sagte Hambeck.

»Ach, wissen Sie, es wird einem ja nichts geschenkt.«

Hambeck schaute die alte Dame an, die redete und redete und dabei mit ihren in Sandalen steckenden Zehen wackelte. Sie sprach von ihrem älteren Sohn, der sich viel besser entwickelt habe als sein jüngerer Bruder, welcher nun bei Firn sei. Dabei hätten sie und ihr Mann den Jüngeren doch eigentlich für robuster gehalten als den Älteren, im Laufe der Jahre habe sich aber der Jüngere als viel weniger widerstandsfähig und verwirrter erwiesen als der Ältere, der ja »mit beiden Beinen im Geschäft und im Leben« stand. Es sei alles ein Ding, sagte die alte Dame: »Lieben tut man ja beide. Das ist ja das Verrückte. Man liebt ja seine Kinder bedingungslos.«

»Luzifer«, sagte Hambeck.

»Wie bitte?«, fragte die alte Dame.

»Nichts, gar nichts, ich wünsche Ihnen für Ihr Kind alles Gute«.

»Wie man es macht, macht man es falsch«, sagte die alte Dame.

Hambeck drehte sich noch einmal um: »Ist das Ihr Wagen da draußen?«

Die alte Dame schaute hinaus. »Ja nun, ja, warum?«

»Immer mehr Automarken der gehobenen Klasse tränken das für die Sitze verarbeitete Leder in einer Geruchslösung, es handelt sich dabei um einen chemischen Geruchsverstärker, der den Duft des Leders imitiert.«

»Entschuldigen Sie, mein Herr, mein Mann fährt seit Jahrzehnten den Apostel, wir haben mit sämtlichen Modellen des Apostels bisher ausschließlich nur die besten Erfahrungen gemacht. Das Leder ist echt.«

»Ich habe nicht gesagt, dass es nicht echt ist, meine Dame.«

»Ja, aber?«

»Aber es hat mehrere Wochen in einer Lösung gelegen, die den Duft des Leders imitiert und verstärkt. Das Leder, welches Sie riechen, ist nicht das Leder, auf dem Sie sitzen, das Leder, das Sie riechen, gibt es nicht, beziehungsweise nur als Formel, verstehen Sie?«

»Ist das Ihr Ernst?« Die alte Dame nahm ein Taschentuch aus der Handtasche und trocknete ihre Hände.

»Aber ja.«

»Und woher wollen Sie das wissen?«

»Stand in der Zeitung, im Fernsehen haben sie es auch gesagt, die Industrie hat es verschwiegen, dann hat sie es zugeben müssen, wie es immer so ist, meine Dame.«

»Aha, ja und?«

»Krebs«, sagte Hambeck.

Dann nahm er seinen Koffer und ging aufs Zimmer.

Als Hambeck und Bug wieder in der Klinik eintrafen, hatte Firn eine schriftliche Erklärung vorbereitet, mit der Kalb bestätigen sollte, dass Firn seine Einwilligung habe, die ärztliche Schweigepflicht zu brechen. Er wollte Kalb zwar allein behandeln, aber sollte Kalb nicht reden, würde der Psychologe anschließend Bericht erstatten dürfen. »Andernfalls«, sagte Firn, »kommt es womöglich zu der grotesken Situation, dass Herr Kalb nicht redet und ich Ihnen das nachher nicht erzählen darf. Damit ist in diesem Fall wirklich keinem geholfen. Ich meine: Durchaus nicht, oder?«

Sie legten Kalb die Erklärung vor und Hambeck zeigte mit dem Finger auf die Stelle, an die Kalb seine Unterschrift setzen sollte. Kalb nahm den Füllfederhalter des Firn, zögerte kurz, schrieb seinen Namen und betrachtete noch einige Sekunden die Unterschrift. Dann hielt er das Blatt in der

Waagerechten vor die Augen, testete bei optimalem Lichteinfall, ob die Unterschrift getrocknet sei und ließ es dann in einer, wie Hambeck fand, ein wenig kecken, wenn nicht provozierend albernen Bewegung auf den Tisch gleiten. Kalb blies die Wangen auf und rieb sich dann beide Ohren.

»Sehr interessant«, sagte Firn.

»Was soll jetzt wieder interessant sein?«, fragte Bug.

Die erste Sitzung war am Nachmittag und dauerte neunzig Minuten. Hambeck und Bug saßen unterdessen auf einer Bank im Park der Klinik und versuchten, Bäume zu bestimmen. Der Himmel zog mal zu, die Sonne war aber insgesamt in jenen Wochen ohnehin müde geworden.

»Trompetenbaum«, sagte Bug.

»Quatsch«, sagte Hambeck, »gibt's hier nicht, zumindest nicht in dieser Größe.«

»Aber natürlich gibt es hier den Trompetenbaum«, so Bug, »den Küstenmammutbaum gibt es hier nicht, den Erdbeerbaum gibt es hier nicht, so wie es vermutlich auch die Sitkafichte hier nicht gibt. Aber natürlich gibt es hier den Trompetenbaum.«

»Quatsch.«

»Doch, den Trompetenbaum gibt es hier. Sicher.«

Was Bug denn mit Bäumen habe, wollte Hambeck wissen, das sei ja ganz was Neues. Wieso, dachte Hambeck, ist mir nie aufgefallen, dass Bug womöglich zwischen Trompetenbaum, Küstenmammutbaum, Erdbeerbaum und Sitkafichte unterscheiden kann.

»Egal«, sagte Bug.

Es tat und machte und raschelte in den Bäumen, von denen die meisten noch ihre Blätter hatten. Mitunter flitzte ein Nager von Ast zu Ast, Vögel wirbelten durch die Blätter.

»Voller Leben«, sagte Hambeck.

Firn kam dann ohne Kalb zurück. In weiten Schritten lief er auf Hambeck und Bug zu und machte einen schmalen Mund.

»Ich ahne, was jetzt kommt, Bug.«

»Herrjeh«, sagte Bug und kicherte ein wenig.

Firn erreichte die beiden ein wenig außer Atem, wischte sich Schweiß von der Stirn und setzte sich ebenfalls auf die Bank. Zunächst sagte keiner etwas, dann berichtete Firn:

»Er ist eingeschlafen. Sie hatten mir so was ja schon angedeutet. Diese Steifheit, faszinierend. Aber ich muss feststellen, dass der Herr Kalb einen aufgeräumten und nicht unglücklichen Eindruck macht. Dies mal vorweg. Ich habe ihm Stuhl oder Couch angeboten. Die meisten nehmen den Stuhl. Er hat sich auf die Couch gelegt. Ich habe ihm gesagt, ich sei gespannt, ob er mit mir arbeiten wolle, da hat er mich sehr angelächelt. Ich sagte ihm, ich sei gespannt, ob er nun womöglich spreche, und dass in der Vereinbarung, die er unterzeichnet habe, nicht festgelegt sei, dass ich Ihnen berichten muss, worüber er mit mir geredet hat. Dass ich lediglich die Erlaubnis hätte, Ihnen zu berichten, ob er überhaupt mal wieder was sagt. Ich habe fast eine halbe Stunde gesprochen. Dann habe ich ihm in Abständen von zehn Minuten gesagt, was gerade *in mir* vorgeht. Nach siebzig Minuten habe ich ihm gesagt, dass ich mich auf die morgige Sitzung freue. Es sei schön, mit ihm zu schweigen. Zwei Minuten später ist er eingeschlafen.«

»Ja, und jetzt?«, sagte Bug. »Dafür ein bisschen teuer, hm, Hambeck?«

Wie gelassen Bug geworden war, dachte Hambeck. Dann sagte er, er sei sich mit Kalbs Gattin darüber einig, die Behandlung in jedem Fall fortzusetzen. Es sei ja auch naiv zu erwarten, dass Kalb sofort wieder rede, nur weil ihm ein Psychologe gegenübersitze. Man werde Kalb morgen zunächst wieder mitnehmen, aber wiederkommen.

»Wieso schweigt er?«, fragte Hambeck.

Da es in den Bäumen knackte, schaute Firn kurz nach oben, dann sagte er: »Schauen Sie, der Suizid ist sowohl ein autoaggressiver Akt als auch eine soziokommunikative Variable. Ich kenne Kollegen, die würden das Schweigen Ihres Freundes als eine Art Suizidversuch deuten. Der Suizid misslingt häufiger als man denkt, oft absichtlich. So oder so ist jeder Suizidversuch ein dramatischer Appell an die Umwelt.«

»Soziokommunikative Variable«, sagte Bug.

Firn fuhr fort: »Kalb schädigt nicht nur seine Firma und seine Familie, wir sollten nicht vergessen, dass er sich auch selbst schädigt, zumindest vordergründig, also zumindest müssen wir annehmen, dass er sich selbst schädigt, sollte er selbst das anders sehen, so wäre sein gelöstes Auftreten womöglich ein Indiz dafür. Er hat ja gleich eine ganze Abteilung für lustige Signale eingerichtet, Backen aufblasen, Ohren reiben, stumme Lieder pfeifen, das ewige Herumlächeln. Aber er macht das ja nicht, um wirklich Signale zu senden, er macht es wohl mehr so, ja mehr so halt.«

»Mehr so?«, fragte Bug.

»Ich weiß nicht, ich weiß auch nicht, es ist wohl noch zu früh, meine Herren. Aber, beachten Sie, welche enormen Anstrengungen pathologisch stumme Menschen sonst unternehmen, um sich mitzuteilen. Bei ihm aber gab es in der fraglichen Sendung womöglich eine Art körperliche Abstoßungsreaktion, die er sich sozusagen zu Eigen gemacht hat. Ja, er nimmt seine Abstoßungsreaktion in die eigenen Hände.«

»Kann man das so sagen?«, fragte Hambeck.

»Vielleicht«, sagte Firn. »Vielleicht aber auch nicht. Wir sind noch am Anfang. Seine plötzlichen Schlafanfälle zum

Beispiel sind womöglich doch auch ein physisches Phänomen, dem man trotz aller bisherigen ergebnislosen Untersuchungen des Kollegen Grubenbecher doch noch einmal auf den Grund gehen sollte.«

Nun sah man Kalb über die Wiese laufen. Er rieb sich die Augen, ging erst ein wenig verbogen, dann aufrechter, schließlich leicht federnd. Wie ein Urlauber kurz nach seiner Ankunft in einer paradiesischen Ferienanlage, dachte Hambeck. Anlässlich eines massiven Windstoßes unternahm Kalb einen lustigen Ausfallschritt, dann war er wieder in der Spur.

Als er vor der Bank angekommen war, sah es für eine Sekunde aus, als wolle er sprechen. Doch er hob nur eine Hand, wie um einen alten Freund zu grüßen, schaute nach oben und legte dann den Kopf schief. Firn, Bug und Hambeck schauten nun auch nach oben.

Oben im Baum war ein Fleck, eine Ansammlung hässlicher Farben, wie sie so in der schönen Natur, und auch in der herbstlichen, nicht vorkommen. Dort oben saß der Fotograf Malte Kapussnik. Und eben brach der Ast, auf dem er saß, und Kapussnik sagte: »Nun ja, Scheiße!«

Dann rauschte Kapussnik auf die Erde zu, wurde von Ästen und Blattwerk immer wieder ein wenig umgeleitet und gebremst und schlug schließlich mit einem »Umpf« auf der Wiese auf.

»Aua.«

Kalb lächelte auf den Fotografen hinunter.

»Oje«, sagte Firn. »Diese Sorte haben wir hier immer wieder mal. Letztes Jahr hat sich einer sogar auf jene Art das Genick gebrochen, als er diesen Schauspieler, den Dings, ablichten wollte. Ich werde mal einen Krankenwagen rufen.« Er erhob sich von der Bank.

Kapussnik blutete aus der Nase. Bug zog seine Jacke aus und legte sie dem Fotografen unter den Kopf, Hambeck reichte Kapussnik Taschentücher. Er hörte das Klicken eines Fotoapparats und schaute auf.

Vor ihnen stand Kalb und blickte durch den Sucher von Kapussniks Kamera. Nachdem er ein Bild gemacht hatte, legte er die Kamera neben Kapussnik ins Gras, drehte sich um und ging über die Wiese zurück zur Klinik.

»Wenigstens funktioniert deine Kamera noch, du Null«, sagte Bug und reichte Kapussnik die zerbrochene Brille. Der Fotograf lag seitlich auf dem Taschentuch und blutete weiter. Seine Augen füllten sich mit Tränen.

»Weine nicht, Kapussnik«, sagte Bug, »nicht weinen, es wird alles wieder gut.«

Hambeck dachte, dass Kapussnik bald seinen Film entwickeln und sich dann blutend auf der Wiese liegen sehen würde.

Kalb blieb auf halbem Wege stehen und schaute in den Himmel. Dann senkte der Moderator den Kopf und ging auf die Terrasse der Klinik zu, wo Firn ihn erwartete.

Man muss den Dingen ihre Zeit lassen, dachte Hambeck.

23

Ich habe heute früh übrigens in der Zeitung gelesen, dass sie nicht wissen, wieso die Tauben alle verrecken. Sie haben Salmonellen gefunden, klar, aber dieses Massensterben können sie sich nicht erklären. Andererseits wird es sogar begrüßt. Es sind nun immer noch sechzigtausend Tauben in der Stadt, sagen sie. Jede Taube produziert zwölf Kilogramm Nasskot im Jahr, macht insgesamt siebenhundertzwanzig Tonnen Nasskot. Wissen Sie, was man bei den Untersuchungen von Federn, Futterresten und dem Nasskot der Tauben gefunden hat?«

Hambeck wurde es flau.

Bug schaute auf den Boden.

»Hier, hören Sie mal«, der Intendant ergriff die Zeitung: »Larven der Pelzmotte, Larven der Samenmotte, Larven der Kleidermotte, den gemeinen Diebskäfer, den Speckkäfer, Larven von Zweiflüglern sowie von Bücher- und Staubläusen, Silberfische, Moderkäfer, Milben, Larven von Fensterfliegen. Et cetera. Der Tierschutzverein sieht das anders. Die Taube, sagen die Arschlöcher, müsse haltlose Verleumdungen über sich ergehen lassen. Aber Fakt ist: Sie verrecken. Sie sind einfach zu viele. Sie sind womöglich von sich selbst so wahnsinnig genervt, dass sie sich freiwillig vom Fensterbrett stürzen. Aber zum Thema.«

Der Intendant war bester Laune. Auf seine Initiative hin hatte der Sender eine Art Blankopapier verfasst. Sollte Kalb je wieder reden, würde man auf Sendung gehen. »Ansonsten: Arschlecken!«, sagte der Intendant. Kalb sei abgesichert, das sei keine Frage. Die anderen aus der Firma würden unterkommen. Ihm sei bekannt, dass die meisten schon bei anderen Produktionen angeklopft hätten. Die Presse sei so ruhig geworden, die Langhoff komme mit ihrer Sendung am Abend fast ein bisschen spät. »Aber nun gut.«

»Grüßen Sie Kalb jedenfalls schön von mir. Er soll sich melden, wenn es ihm besser geht.«

Der Intendant folgte ihnen auf den Flur.

Dort begegneten sie einem für eine Karnevalssendung zurecht gemachten Spitzenpolitiker, der auch zu weniger lustigen Anlässen eine alberne Biberpelzfrisur und einen Bart spazieren trug. Der Politiker hatte rot bemalte Wangen und eine Schellenmütze auf. Er trug einen Latz, wie ihn sabbernde Kinder tragen, auf dem Latz war ein Bild mit zwei fickenden Hasen. Der Politiker war betrunken. Neben ihm stand sein schmallippiger Pressesprecher.

»Aahaaa«, rief der Intendant.

»Jahaaa«, rief der Politiker. »Wollte Hallo sagen, muss jetzt in eure Aufzeichnung. Aber sagen Sie mal«, er hielt sich an seinem Pressesprecher fest, »sagen Sie mal, Herr Intendant: Stimmt das Ding mit Fernost, alles macht rüber nach Fernost? Euer Ernst?«

»Wir sind da im Moment in einem breiten Diskussionsprozess, alle Papiere sind nun Grundlage eines Dings, eines Meinungsbildungsprozesses hier im Hause, in den Gremien wird darüber zu reden sein.«

»Fernost?«, fragte Hambeck.

Bug war weiß.

Der Intendant sagte: »Es gibt, nicht wahr, Überlegungen, die Masse der nicht prominent besetzten Gesprächssendungen in Fernost produzieren lassen. Billiger.«

»Wie bitte?«

»Ja nun, Hambeck, Kalb würde es ja nicht betreffen, spräche er wieder. Aber die anderen, wo mehr die Halbprominenz herumredet. Es ist billiger, sie nach Fernost zu fliegen, ein zwei Tage in der Sonne zu grillen, dann machen sie ihre Sendungen, nicht wahr, dann fliegen sie wieder zurück. Charter. Ruckzuck. Die Produktion unten kostet so gut wie nichts. Unsere Hallen, das Personal, alles zu teuer. Die machen das unten fast umsonst. Und die Gäste finden's toll.«

»Von wem stammt die Idee?«

»Unternehmensberatung«, sagte der Intendant leise.

Der Politiker kratzte sich am Bart. Dann lehnte er sich an den Intendanten und dröhnte dem ins Ohr.

»Arbeitsplätze, mein lieber Herr Intendant, das gibt einen Aufschrei in allen Gremien. Da werde ich mich auch zu äußern müssen.«

»Wir sind hier erst am Anfang eines breiten Diskussionsprozesses«, wiederholte der Intendant.

Bug zerrte an Hambeck. Die beiden eilten hinaus.

»Firma dankt!«, schrie der Intendant hinterher. »Wir hören voneinander.«

24

In der Maske des Würfels mit der Nummer 8 pfiff der Wind durch die Spalten, die sich zwischen Fenster und Mörtel des Leichtbaus gefressen hatten. Hambeck kannte das Problem. Auch in Würfel 7 hatte es bei erhöhter Windstärke stets gepfiffen, aber dort war seit nunmehr einigen Tagen das Licht aus.

Hambeck und Bug hatten der Mannschaft erklärt, bis auf weiteres würde die Sendung eingestellt.

Draußen waren die letzten Fotografen und Kameraleute abgezogen. Kapussnik lag noch im Krankenhaus. Es gab keine Anfragen mehr. Stattdessen beherrschte ein Politikum die Schlagzeilen: Ein Politiker hatte etwas Sonderbares gesagt, die meisten anderen Politiker hatten das für skandalös gehalten, die Zeitungen schlugen tagelang auf den Politiker ein, also sagte der Politiker irgendwann erschöpft, er sei missverstanden worden, nun sei es aber genug, er lege sein Amt nieder und so weiter. Die Zeitungen begrüßten den Schritt und schrieben, der Politiker sei ein honoriger Mann. Andere nannten den Rücktritt »verfrüht«.

Die Langhoff erschien Hambeck in Würfel 8 weniger schön und machtvoll als in ihrer letzten Sendung, vielmehr, dachte er, wirkt sie fiebrig und lebensmüde.

Ihre zartbitterfarbenen Augen flackerten aufgebracht, exakt neben der Nase verursachte ein durchgedrehter Nerv ein Zucken, von dem Hambeck seinen Blick nicht wenden konnte. Dies bemerkte auch die Langhoff, die prompt etwas von einer seltsamen Nervengeschichte erzählte, was das denn nun wieder sei, sie wisse es ja nicht und Scheiße. Sie sei alles leid. Ständig die Leute vom Sender, die ihr auf die Nerven gingen. Andere planten schon, in Fernost zu produzieren. Die fetten Jahre seien vorbei, alles sei irgendwie vorbei, sie habe den Eindruck, jedes Lied sei tausendmal gespielt und jedes Wort tausendmal gesagt. Komme was Neues, sei es doch nur das Alte. »Und seit Tagen dieser Sturm, und überall die verschissenen Tauben.«

Außerdem rieche es streng im Studio, was denn eigentlich los sei, es rieche furchtbar.

In der Maske fiel der Langhoff auf, dass Kalb während der Puderei versuchte, ihr Zucken zu imitieren und dabei ein ums andere Mal mit einem dünnen Lächeln aus dem Spiegel zu Hambeck schaute.

»Ich wollte eurem Clown hier eigentlich absagen«, sagte sie. »Diese politische Sache, das hätten wir heute machen sollen, aber das ist ja ebenfalls gegessen. Du kennst den Plan, Hambeck, oder sollen wir noch mal reden?«

»Nein. Ich weiß Bescheid. Und Kalb ist das alles egal.«

»Bist du dir da sicher?«

»Ja.»

Ich bin so müde, Hambeck, ich bin so wahnsinnig müde.« Die Langhoff ging aus der Maske. »Ich gehe mal zum Dichter rüber, der Dichter ist nicht der Netteste von uns allen, aber auch nicht der Dümmste.«

Nun wurde Hambeck gepudert, immer wieder schaute

die Maskenbildnerin dabei zu Kalb herüber, der immer noch das Gesichtszucken der Langhoff zu imitieren versuchte. Als er die Augen schloss, sagte Hambeck leise: »Jetzt nicht einschlafen, Kalb. Unser letzter Auftritt.«

Kalb öffnete die Augen.

In der vierzehnten Sendeminute beklagte sich der Dichter, es stinke im ganzen Studio nach Fisch. Offenbar habe der Schauspieler »auf irgendeinem Scheißkutter« ausgiebig recherchiert, es sei aber insgesamt nicht nachzuvollziehen, wieso ein ganzes Fernsehstudio die wochenlange Recherche des Schauspielers für seine Rolle in Übersee nun ausbaden müsse. Was denn eigentlich aus dessen Rolle als Baum geworden sei, erst schwafele der Schauspieler in einem fort von seiner Rolle als Baum, nun treibe er sich auf Fischkuttern herum: »Ammoniakvergiftung. Ich muss leider gleich kotzen.«

Der Schauspieler tat nachgiebig und tatschte dem aufgebrachten Dichter auf dem Unterarm herum. In der Tat könne er ja gar nicht mehr nach Fisch riechen, da er ja nun doch mehrere Tage schon vom Kutter wieder runter sei und auch »die Bekanntschaft von Seife« habe er schon gemacht. »Haha«, lachte der Schauspieler.

Die drei Wochen auf dem Kutter seien für ihn eine »elementare Erfahrung gewesen«, in der Tat habe er sogar Fischer kennengelernt, die schon unter kutanen Mycobakteriosen und Leptospirosen gelitten hätten, nunmehr aber geheilt seien: »Infiziert durch Ratten-Urin. Kann, muss aber nicht tödlich enden heutzutage.«

Wo er aber schon mal dabei sei: Er spiele ja in seiner Übersee-Rolle einen an Leptospirose leidenden und dann auch relativ zügig sterbenden Fischer, insofern habe er während seiner Reise auf dem Kutter nun wertvolle Erfahrungen für diese Rolle gesammelt. Sowieso seien diese

Fischer, die »für uns alle« täglich rausführen, »zärtliche Menschen«.

Der Dichter schrie, vermutlich sei der Schauspieler auf dem Kutter »gefickt« worden, nun beginne es hinreißend zu werden, er bitte alle Anwesenden, sich vorzustellen, wie dieser von »Kitsch und Gefühlsscheiße zerfressene Grimassenschneider knietief in irgendwelchen Heringswannen steht und einen zärtlichen Fischer vögelt. Oder von diesem gevögelt wird.« Nun möge der Schauspieler bitte kein einziges Wort mehr sagen, sonst müsse er, der Dichter, wirklich gleich kotzen.

Im Publikum entstand erhebliche Unruhe. Einige Herrschaften verließen den Saal. Der Dichter pöbelte ein wenig zurück, dann rutschte er tiefer in seinen Sessel und schwieg.

Die Gattin des ehemaligen Ministers schaute zur Langhoff: »So unternehmen Sie doch was, hier geht es ja auch wieder zu!«

Der alte Mann, der einst den kleinen Jungen aus dem Fluss geholt hatte, schwieg. Er hatte in den ersten Sendeminuten seine Erfahrungen »mit der Medienwelt« zusammengefasst. Nun bereite er sich auf eine eigene Talkshow in einem kleinen Sender vor, sagte der alte Mann. Dabei werde es darum gehen, normale, aber ungewöhnliche Leute vorzustellen. »Und darum, wie diese normalen, aber ungewöhnlichen Leute die Welt voranbringen.«

Die Langhoff schaute den alten Mann lange an und sagte nichts. Dann schaute sie zu Hambeck.

Am Anfang der Sendung hatte sie ein paar Minuten mit Hambeck über Kalb geredet und die Hoffnung geäußert, dass dieser im Verlauf der Sendung noch einmal auftaue.

»Ich glaube das nicht«, sagte Hambeck.

»Wir werden sehen«, antwortete die Langhoff. »Hat es

denn Sinn, dass wir Kalb direkt ansprechen? Immerhin muss es doch so eine Art Déjà vu für ihn geben, heute Abend, hm?«

»Ich glaube das nicht«, sagte Hambeck.

»Wir werden sehen«, sagte wieder die Langhoff.

Nun schwiegen der alte Mann, der Dichter und der auch nach Hambecks Auffassung nach Fisch riechende Schauspieler. Die Langhoff schaute ohne Unterlass auf ihre Stichwortkarten, Hambeck schaute auf die Langhoff, Kalb starrte an die Decke.

Ein kurzes, basslastiges Wummern zog an dem Studiogebäude. »Der Sturm«, sagte Hambeck.

»Ja«, sagte die Langhoff. Ein Assistent setzte sich unter eine Kamera und gab Zeichen.

Die Kast und Frohvogel eilten über einen Gang zwischen zwei Zuschauerblöcken und stellten sich dann vor die erste Reihe. Die Kast rief: »Dieser Mann ist Schuld am Tod einer jungen Volontärin. Er hat die Frau Hedwigsthaler in den Selbstmord getrieben.«

Kalb schaute die Kast an, dann den Frohvogel, schließlich endete sein Blick auf den Schuhen des Frohvogel.

Hambeck schaute zur Langhoff und sagte: »Soll ich dazu noch was sagen? Das ist doch jetzt eigentlich geklärt.«

Die Langhoff bat ins Off hinein, man möge »die beiden Herrschaften bitte aus dem Studio begleiten«.

Zwei kräftige Männer führten die Kast und den Frohvogel ab. Beide leisteten keinen Widerstand, Hambeck erschien es, als ob Kleindarsteller ins Studio geschoben worden waren und nun wieder herausgeschoben wurden. Durch das Licht erkannte er Grubenbecher und Firn in den hinteren Reihen sitzen und miteinander reden. Dann sagte Hambeck: »Jesus, tja.«

»Ja«, sagte die Langhoff.

Die restlichen zwanzig Minuten sprachen die Langhoff,

Hambeck und der alte Mann über normale, aber ungewöhnliche Leute. Was denn das überhaupt sei: »normal«.

Der Dichter hörte aufmerksam zu, einmal sagte er »Alles ist vorbei«, und einmal »Es ist alles vollkommen. Wir feilen nur noch an den Ecken«.

Der Schauspieler studierte Kalb und lächelte und schüttelte immer wieder ergriffen den Kopf.

»Was ist der Schauspieler doch für ein Scheißkerl«, dachte Hambeck.

Immerhin erst drei Minuten vor Ende der Sendung schloss Kalb die Augen und schlief ein.

Hambeck und die Langhoff blieben an diesem Abend noch lange allein. Sie saßen, als alle schon raus in den Sturm gegangen waren, für Stunden in Langhoffs Maske und redeten.

Von Würfel 9 wehte der Sturm Beifall und Jubel herüber. Die Langhoff machte den Fernseher an. Man sah bunte Prominente in zu engen Hosen Bälle mit Zahlen drauf durch ein Studio rollen. Um die Prominenten herum schrie das Publikum und fiel sich um den Hals. Der Moderator rief, nun sei das ganze Land bereit für den Glanzpunkt Nummer eins, der nun gemeinsam mit einem anwesenden Prominenten bei Anruf abgeräumt werden könne. Alles sei der Wahnsinn.

Die Langhoff putzte sich die Nase.

»Was ist der Glanzpunkt Nummer eins, Hambeck?«

»Ich weiß es nicht.«

Hambeck versprach der Langhoff, er werde sie die Tage anrufen. Das sagt sich leicht, dachte er, immer sagen wir, dass wir die Tage anrufen.

Dann ging er den schmalen Gang ins Studio zurück.

Hier kehrten zwei alte Menschen mit breiten Besen.

Als der Sturm wieder an Würfel 9 zog, blieben die Alten stehen und schauten hoch zur Decke.

Im Studio saß Kalb im fahlen Restlicht und dehnte sich, bis er mit den Fingerspitzen seine Schuhspitzen berührte, dann drehte er sich zu Hambeck um.

»Komm Kalb, wir gehen.«

25

Der Tag, an dem der kleine Flip erneut und gegen jede Warnung auf das Gemäuer steigen sollte, das seit Jahrhunderten den gefährlichen Fluss von der sicheren Wiese trennt, begann für Hambeck mit einem Zittern, welches sich seiner Hände bemächtigt hatte. Jetzt ist aber gut, warum zittere ich denn, dachte Hambeck, das ist ja ganz was Neues, ich muss doch nicht zittern.

Er dachte, dass er nichts mehr in der Hand habe, dass die Dinge, wenn sie wollen, ihren Lauf nehmen, und dass auch Kalb stets gesagt hatte, dass er und dass wir alle es nicht in der Hand haben, wie die Dinge verlaufen, dass man sich mit allem, was passiere, abfinden müsse.

An dem Tag, an dem der kleine Flip erneut auf das Gemäuer steigen sollte, stieg Hambeck gemeinsam mit Bug in seinen Wagen, und Bug schaltete das Radio ein und sang dann laut mit dem Radio: »Alles ist wie immer, nichts ist, wie es war / Am Ende aller Tage ist die Nacht sonnenklar.«

So fuhren sie zum Fluss, an dem Alma und Kalb und die Kinder ihre Zeit verbrachten, mitunter nahm Hambeck die eine oder andere Hand vom Lenkrad, um zu prüfen, ob die Hände noch zitterten, Bug sang und sang, bis Hambeck ihn ermahnte, dass es jetzt aber mal gut sei.

Bug sagte, dass Alma ihm etwas Sonderbares erzählt habe. Es sei wohl so, dass die beiden Söhne Kalbs in den vergangenen Wochen unter erheblichen Albträumen gelitten hätten. Vor allem der kleine Flip habe sich im Bett hin und her geworfen, immer wieder habe er dann im Flur gestanden und geschrien und sei für Alma nicht wirklich erreichbar gewesen.

»Wenn man natürlich auch nicht sagen kann, was das für Gefahren waren, wie Alma meinte«, sagte Bug, »Flip konnte das wohl nicht benennen, er ist ja auch noch klein, er hat wohl mehr so einfach herumgeschrien.«

»Kinder haben Albträume, Bug«, entgegnete Hambeck, »hast du Alma das gesagt? Das weiß sie doch. Hast du es ihr nicht noch mal gesagt?«

»Woher soll ich das wissen? Jedenfalls ist dann Anton, der auch Albträume hatte, aber nicht so schlimme wie Flip, gestern Abend zu Alma mit diesem großen orangefarbenen Tuch, das sie mitunter auf dem Sofa liegen hatten, du weißt?«

»Dieses sehr orangefarbene Tuch?«

»Genau«, sagte Bug. Und dass Alma ihm erzählt habe, dass Anton sie gebeten habe, eben jenes orangefarbene Tuch über das Bett von Flip zu spannen.

»Warum?«, fragte Hambeck.

»Ja, jetzt kommt es eben: Anton muss wohl gesagt haben, dass das orangefarbene Tuch die schlimmen Träume von Flip aufsauge! So, dass Flip darunter endlich mal wieder schön schlafen könne.«

Hambeck fühlte sich weiter zittern. »Und?«

»Jedenfalls hat Flip gestern Nacht keine Albträume gehabt.«

»Kinder sind schon eine Nummer für sich«, schloss Bug die kleine Geschichte, und Hambeck möge jetzt bitte auf die Straße schauen und nicht ihn anstarren, ob er einen Vogel habe, er zittere ja.

Am Straßenrand lagen in einem Maschendrahtkorb eines städtischen Entsorgungsunternehmens tote Tauben. Das Gefieder der Tiere wurde vom Wind gegen den Strom geblasen. Daneben standen zwei ausländische Mitarbeiter des Entsorgungsunternehmens, lachten und rauchten. Einer warf dem anderen eine tote Taube an den Kopf.

An dem Tag, an dem der kleine Flip auf das Gemäuer steigen sollte, das den mächtigen Fluss von der Wiese trennt, war der treue Malte Kapussnik wieder aus dem Krankenhaus und eigentlich auf der richtigen Spur gewesen.

Er wusste, dass Kalb den Samstag mit seiner Familie verbrachte, und er wusste, dass Kalb dies, wenn es nicht regnete, im Haus am Fluss tat, und also hatte sich der Fotograf Malte Kapussnik in einiger Entfernung von Alma, Kalb und den Kindern in die Wiese gelegt und seine Objektive in Richtung des Hauses und des ein wenig neben dem Haus aus der Wiese ragenden Gemäuers gedreht.

Es muss eine Menge Aufwand für Kapussnik gewesen sein, die Ausrüstung und seinen Proviant, darunter seine Plastiktüte mit den gefrorenen Erdbeeren, hinter Kalb und Alma und den vier Kindern in Stellung zu schleppen, ohne dass diese ihn bemerken durften. Zusätzlich beschwert war der Fotograf durch eine Halskrause und eine Gipshand.

»Armer Kapussnik«, dachte Hambeck.

Noch heftiger als in den Tagen zuvor stampfte der Sturm über das Land, mitunter erschien es Hambeck, als würde die Erde aus der Umlaufbahn geweht, ein Reißen und Schütteln, als dürften die Dinge nicht bleiben, wo oder was oder wie sie waren.

Dieser Sturm ist beängstigend wie auch hinreißend zugleich, dachte Hambeck, so wie viele Sachen beängstigend und hinreißend zugleich sind, und man oft nicht weiß, ob man gehen oder bleiben, ob man weitermachen oder aufhören, ob man antreiben oder bremsen soll, so war es auch mit diesem Sturm, wie Hambeck dachte.

Die Kinder aber lachten, die Zwillinge wurden zweimal umgeweht und einmal rollten sie in ihren dunkelroten Mänteln wie leere Coladosen über die Wiese. Als Alma sie aufhob und gegen den Wind hinter einer Baumreihe wieder absetzte, lachten sie nur noch lauter. Kinder, dachte Hambeck, wie lieb.

Die apfelbäckigen Gesichter von Anton und von dem kleinen Flip schauten mit Enthusiasmus aus ohrenschützenden Mützen heraus.

Immer noch zitterte Hambeck, und noch weit von Alma und Kalb und den Kindern entfernt, auf der tobenden Wiese stehend, ergriff Bug Hambecks Hand.

»Alter, hör mal auf mit der Zitterei.«

Alma und die Zwillinge gingen nun in das nahe liegende Haus, wie Hambeck bemerkte, Alma winkte noch mal und rief zur Begrüßung etwas Unverständliches, man möge wohl nachkommen ins Haus, wie Hambeck dachte, kleinere Zweige flogen umher, und als sie ein wenig näher kamen, hörten sie, wie Alma Kalb zurief, er möge auf Anton und Flip gut aufpassen und in Kürze nachkommen.

»Es reicht ja doch, was passiert ist, Kalb«, rief sie, lachte, war verschwunden.

Kalb nahm Anton auf die Schultern und raste mit dem Kind, den Sturm im Rücken, über die Wiese.

Dabei verlor er kurz Flip aus den Augen, der an jener von Kalb so oft verfluchten Stelle, an der das Gemäuer niedrig ist, hinaufgeklettert und dann viele Meter auf der ansteigenden Mauer balanciert war.

Da stand nun Flip und lächelte aus seiner Ohrenmütze heraus in den Rücken seines Bruders und seines Vaters und winkte um Aufmerksamkeit, und hinter Flips Rücken war der Fluss und um ihn toste der Sturm.

Hambeck sah Flip auf der Mauer.

Neben ihm stand Bug, und Bug zeigte plötzlich auf einen Farbhaufen, diesmal nicht in einem Baum, wie noch bei Firn in der Klinik, sondern im Gras. Hambeck dachte später, dass Kapussnik nun mal Kapussnik war und dass es sinnlos ist, Menschen wie Kapussnik zu raten, sie mögen nicht mehr auf Bäume klettern, weil sie sehr sicher herunterfallen. Womöglich auch deshalb hatte sich Kapussnik nun ins Gras gelegt, so konnte er nicht herunterfallen, aber aus dem Gras würde er nun nicht mehr aufstehen.

Bug lief zu Kapussnik, dessen Gesicht war blau angelaufen, die Haut noch warm.

Hambeck stand erstarrt und schaute zum unerreichbaren Flip, der nun weinte und wohl aus einer Art Instinkt heraus auf der Mauer in die Hocke ging und zu einer Art rettenden Sprung auf jene Wiese ansetzen wollte, sich aber nicht traute, denn die Höhe jener Mauer war in den Augen des Kindes eine große Höhe, und der Lärm, den der Fluss unmittelbar hinter ihm machte, und der Sturm, der an dem Gleichgewicht des Kindes zog, all dies mag den kleinen Flip nicht darin bestärkt haben, jenem Fluss durch einen Sprung auf die Wiese zu entkommen.

Hambeck schaute zu Bug und zeigte zum weit entfernten Flip und konnte immer noch nicht sprechen, aber Bug sah nicht zu Hambeck, und so sah er das Kind nicht, sondern er tat und machte an Kapussnik herum.

Irgendetwas steckte im Fotografenhals fest. Als die Ärzte Hambeck später berichteten, Kapussnik sei an einer gefrorenen Erdbeere erstickt, die sich nicht langsam im Mund des Kapussnik erwärmt, sondern vorschnell in die Luftröhre davon gemacht und dort stecken geblieben war, da dachte Hambeck, dass alles halt ist, wie es ist, wenn draußen ein Sturm wütet und Kapussnik tief drinnen an einer gefrorenen Erdbeere verreckt, und dies vermutlich nur Minuten, bevor Joseph Kalb wieder den Mund aufmacht und der kleine Sohn Kalbs von der Mauer und in die Luft abhebt.

So zeigten die letzten elf Bilder in Kapussniks Lebens seine Schuhe, die im Gras stehen, und nachdem man seinen letzten Film entwickelt hatte, nahm man einfach an, Kapussnik habe diese Bilder womöglich aus Versehen gemacht, während er erheblich bepackt, und behindert durch Gips und Halskrause eben jenem Ort entgegeneilte, an dem er sich niederlegen und zu seinem Unglück auch liegen bleiben sollte.

Hambeck wollte endlich rennen und Flip von der Mauer holen. Das Kind schrie und drehte sich nach dem Fluss um, starrte dann wieder auf die Wiese.

Dieses Gesicht des kleinen Flip, dachte Hambeck, war das Gesicht eines Menschen, der in der Gefahrlosigkeit eine Entscheidung trifft, und dann ein wenig läuft und schon vor dem Ende steht.

Hambeck stampfte über die Wiese, um das Kind im tobenden Sturm von der Mauer zu zerren, aber natürlich würde er zu spät kommen. Dann sah er, wie Kalb mit Anton auf dem Rücken einen Bogen machte und Flip auf der Mauer erblickte.

Wieder wollte Hambeck schreien und dachte, warum schreie ich nicht? Er wunderte sich über Kalb, der skulpturengleich dastand, ungerührt vom Sturm, Anton auf den Schultern und Flip unerreichbar. Anton zeigte auf Flip, schlug seinem Vater auf den Kopf, schrie.

Kalb stand und stand. Und Hambeck stand und stand.

Dann machte der Sturm eine Pause.

Kalb rief: »Spring!«

Flip machte dann einen Satz von der Mauer, stand auf der Wiese. Aus der Entfernung sah Hambeck ein staunendes Kindergesicht mit einer Ohrenmütze aus dem hohen Gras schauen, die Arme ausgebreitet.

Bug kniete neben dem toten Kapussnik und schrie etwas in sein Mobiltelefon. Ein Mann sei vielleicht schon tot.

Kalb saß in einer Mulde vor der Mauer. Er hatte Flip im rechten und Anton im linken Arm. Der Sturm zerrte gerade mit einem Satz durch die Bäume. Ein Ast schoss herab in den Fluss.

Hambeck presste sich gegen die Mauer.

»Kalb?«

»Spring«, sagte Flip und hielt die Hände vor das Gesicht.

»Kalb?«

Kalbs streckte das Kinn vor. Hambeck erschien das, als dehne er seine Stimmbänder.

Neben dem toten Kapussnik warf Bug seine Zigarette ins Gras. In der Ferne sah Hambeck zuerst ein Blaulicht, dann einen Notarztwagen.

»Die Kinder sollten ins Haus, Kalb, soll ich sie bringen?«

»Es ist okay, Hambeck.«

Dann nahm er die Kinder und ging.